W0393506

Sara Kadefors

Billie

Wer sonst?

Sara Kadefors

Billie

Wer sonst?

Aus dem Schwedischen
von Lotta Rüegger

Urachhaus

Die Originalausgabe erschien unter dem Titel
Billie. Du är bäst
bei Bonnier Carlsen Bokförlag, Stockholm.

Die Übersetzung dieses Buches wurde durch die freundlich gewährte Förderung des Swedish Arts Council unterstützt.

STADTBIBLIOTHEK BAYREUTH
Abgebucht
18112651

ISBN 978-3-8251-5136-2

Erschienen 2017 im Verlag Urachhaus
www.urachhaus.com

© 2017 Verlag Freies Geistesleben & Urachhaus GmbH, Stuttgart
© Text: Sara Kadefors 2017
Umschlaggestaltung: Lena Thunell, Bonnier Carlsen Bokförlag, Stockholm
Umschlagillustration: Gloria Bernardsson
Die Veröffentlichung in deutscher Sprache wurde mit
Bonnier Rights, Stockholm, vereinbart.
Gesamtherstellung: CPI books GmbH, Leck

1

Ich schaffe es einfach nicht, jeden Morgen zur selben Zeit aus dem Haus zu gehen. Das ist geradezu ein Ding der Unmöglichkeit. Ich muss erst in aller Ruhe auf dem Klo sitzen und meine Gedanken zu Ende denken. Ich muss meine Sachen in meinem eigenen Tempo zusammensuchen. Ich muss einen Song zu Ende hören. Wenn der Morgen nicht jeden Tag anders abläuft, sterbe ich.
Petra klopft behutsam an die Klotür, damit ich weiß, dass ich mich beeilen muss. Aber sie will nicht allzu streng wirken, weil ich nicht ihr eigenes Kind bin. Ich trockne meine Hände lange an dem hellgelben Handtuch ab. Als ich endlich die Tür öffne, wirkt sie den Tränen nahe. Ist denn Pünktlichkeit wirklich so wichtig? Verglichen mit all den anderen Dingen, meine ich. Verglichen damit, dass den Leuten die Häuser zerbombt werden oder dass eine Familie über ein verstorbenes Kind schweigt.
Alvar ist schon längst losgezogen. Er bricht immer zwanzig Minuten vor Unterrichtsbeginn auf, obwohl es mit dem Rad nur zehn Minuten bis zur Schule sind. Viertel vor räumt er seinen Teller in die Spülmaschine, vierzehn vor geht er ins Badezimmer, sitzt höchstens bis acht vor auf dem Klo (ich

höre die Spülung) und putzt sich bis fünf vor die Zähne. Dann bleiben ihm noch ein paar Minuten, um die letzten Dinge in die Schultasche zu packen, seine Jacke anzuziehen und sich auf den Weg zu machen.

Ich stolpere aus dem Haus, ohne meine Sneakers richtig zu binden. Winke dem Fenster zu, an dem Petra steht und nervös mit ihrer Halskette spielt. Ich kichere bei dem Gedanken, dass meine richtige Mutter nicht einmal wusste, wann mein Unterricht begann. Petra zuliebe werfe ich mich schnell aufs Fahrrad und trete kräftig in die Pedale. Sobald ich abgebogen bin, fahre ich langsamer. Ich versuche, mich an den Songtext zu erinnern, den ich gestern gehört habe. Außerdem muss ich noch über eine Frage nachdenken, die ich mir kürzlich gestellt habe: Was machen die Einwohner Bokarps an Sonntagen, wenn die Straßen vollkommen ausgestorben sind?

Als ich mich dem Gemeindehaus nähere, sehe ich jemanden, der in Schlangenlinien vor mir herradelt. Er scheint es auch nicht so eilig zu haben. Ich fahre etwas zügiger und hole ihn ein. Er wirft mir einen trägen Blick zu, sagt aber immerhin nicht »fuck you«. Dann konzentriert er sich wieder auf seine Schlangenlinien. Jedes Mal, wenn er auf mich zuradelt, muss ich aufpassen.

»Hast du verschlafen?«, frage ich Douglas.

»Hab' ich?«

»Der Unterricht hat doch schon angefangen?«

»Na und?«

Wir radeln nebeneinander weiter, als wären wir zusammen unterwegs. Ich will gewisse Dinge herausfinden und gebe nicht so schnell auf.

»Dein Vater ist also Petras Bruder?«

»Ihr Stockholmer seid aber clever!«

»Dann sind wir also beinahe verwandt.« Ich lächle einschmeichelnd. »Du bist mein Bonuscousin.«

Er schaut mich an. Seine Stachelfrisur hat sich in gewöhnliche Stirnfransen verwandelt. »Warum will dich deine Mutter nicht haben?«

»So ist das nicht.« Ich unterdrücke meinen Wunsch, ihn zu schlagen.

»Wieso wohnst du dann nicht bei ihr?«

»Weil sie krank ist.«

»Wie krank kann man schon sein?«

Die Wut kocht in mir hoch. »So krank, dass man MS hat und fast blind ist!« Ich fahre näher an ihn ran, mein Rad berührt seines, und er gerät ins Schwanken. »Und *deine* Mutter? Mag sie dich überhaupt? Wer will schon ein Kind haben, das gemeine Sachen sagt und sich wie ein Idiot benimmt? Wenn ich deine Mutter wäre, hätte ich dich schon längst über!«

Erstaunlicherweise kommt keine freche Antwort zurück. Ich hab das Gefühl, dass er blasser geworden ist.

»Entschuldige«, sage ich.

Er beugt sich über den Lenker und startet durch. Auch ich gebe Gas. Erreiche die Schule nur wenige Sekunden nach ihm. Renne über den Schulhof und durch Korridore. Vor dem Klassenzimmer hole ich ihn ein. Wir gehen zusammen rein, gleichermaßen verspätet. Douglas knallt sein Mathebuch nachlässig aufs Pult. Alvar wirft mir einen finsteren Blick zu, als hätte ich etwas Ungehöriges getan. Roya erklärt, dass wir nachsitzen müssen, wenn wir mehr als dreimal in der Woche zu spät kommen. So kann es nicht weitergehen.

»Ich weiß, dass ich mich zusammenreißen muss«, sage ich mit einem Seufzer, »aber es fällt mir sooo schwer!«

Es wird gelacht. Evins Eichhörnchenaugen funkeln. Douglas piekst Salim mit einem Stift, als hätte er mich nicht gehört. Aber nachdem alle ihre Bücher aufgeschlagen haben, dreht er sich um und schaut mich an. Würde er sich gerne aussprechen oder mich lieber umbringen? Schwer zu sagen.

In Bokarp machen Mädchen und Jungen fast alles getrennt. Die Mädchen können sich in Jungs verlieben, aber einfach nur befreundet sind sie fast nie. Vermutlich ist das der Grund, warum Mange gemischte Teams einführt. Einige sollen Federball spielen, aber Alvar und ich sind in der Basketballgruppe. Alvar steht ganz verloren in der Landschaft, während die anderen Jungs alles plattwalzen, ohne sich darum zu kümmern, ob jemand im Weg steht. Alvar tut mir leid, weil er ausgerechnet in Bokarp Junge sein muss, wo alle so dick auftragen.

Leider ist er im gleichen Team wie Douglas gelandet. Weil Alvar sein Hassobjekt nach Möglichkeit ausblendet, spielt er seine Bälle immer dem gegnerischen Team zu. Zuletzt reicht es Douglas, dass Alvar ihn immer um einen halben Meter verfehlt. »Blödmann!«, zischt er.
»Mach schon, Alvar!«, ruft Mange.
Plötzlich ist da etwas ungewöhnlich Aufsässiges in Alvars Blick. Er entreißt Max den Ball und sprintet auf seinen wackligen Zahnstocherbeinen Richtung Korb. Schon von Weitem ist ihm anzusehen, wie sehr er punkten möchte, wie sehr er Douglas und allen anderen zeigen möchte, dass er nicht immer versagt.
»Was machst du denn für einen Blödsinn? Idiot!« Douglas verzieht höhnisch das Gesicht. Die Sache ist nämlich die, dass Alvar das Dribbeln vergessen hat. Ich werfe Mange einen Blick zu, damit er kapiert, dass er gegen Douglas' Beleidigungen einschreiten muss. Aber Mange schweigt einfach. Vielleicht will er Alvar nicht in Schutz nehmen, damit nicht der Eindruck entsteht, er würde seinen eigenen Sohn begünstigen. Sicherlich haben sich zwischen Alvar und Douglas oder zwischen Petra und Douglas' Vater Dinge abgespielt, von denen ich nichts weiß, heikle Dinge.
Evin wirft mehrere Körbe und ist die beste Spielerin auf dem Feld. Ich werfe auch einen, und das fühlt sich gut an. Wenige Minuten vor der Pause hat Alvar wieder den Ball. Aber gerade als er sich zum Korb hochschwingen will, kommt Douglas angeschossen und reißt ihm den Ball aus

der Hand. Alvar steht einfach nur da und schaut zu, wie Douglas zwei Punkte erzielt.

»Douglas …«, sagt Mange lahm. Aber dann scheint er gleich wieder an andere Dinge zu denken. »Zeit zum Duschen! Beeilt euch!

»Du musst eingreifen!«

Mange beginnt, die Badmintonnetze wegzuräumen. Ich gehe auf ihn zu.

»Hörst du nicht? Er ist so gemein zu Alvar. Die ganze Zeit!«

»Genau!«, pflichtet mir Evin bei, die direkt hinter mir steht.

»Na, so schlimm ist es nun auch wieder nicht!«

»Doch«, erwidere ich. »Man muss doch eingreifen, wenn jemand ungerecht behandelt wird!«

»Oder?«, fügt Evin hinzu.

Verwirrt schaut Mange Alvar hinterher, der auf dem Weg zur Tür ist. Einige Neugierige sind stehen geblieben. Douglas steht mit dem Basketball im Arm da und schaut interessiert zu, als ginge ihn das alles nichts an. Mange sieht erst mich und dann Alvar an. Schließlich seufzt er und geht mit zögernden Schritten auf Douglas zu.

»Das war vielleicht nicht so gut … du musst auf die Gefühle anderer Rücksicht nehmen.«

»Übertrieben sensible Leute«, erwidert Douglas.

Mange lächelt kumpelhaft.

»Ein *bisschen* sensibel ist doch wohl erlaubt, oder nicht?«

»Alvar ist nicht sensibel«, wende ich ein. »Es ist ganz normal, sauer zu sein, wenn man andauernd geärgert wird.«

»Er ist ein lausiger Spieler!« Mit einer geübten Bewegung dreht Douglas den Ball auf seinem Zeigefinger. »Er ruiniert alles.«
»*Du* ruinierst alles«, sage ich.
»Ja«, pflichtet mir Evin bei.
»Ja«, sagt auch Wilma.
»Genau«, stimmt Larissa ein.
Rasmus nickt zustimmend. Ich sehe, dass auch Douglas das sieht. Wütend wirft er den Ball an die Wand, der prallt zurück, in meine Richtung. Ich muss ausweichen, um nicht getroffen zu werden. Hat er sie nicht mehr alle?

Evin kommt in die Dusche. Sie mustert meinen Körper, ihr Blick gleitet von meinem Busen zu meinen Hüften. Ich schäme mich nicht über mein Aussehen, aber es ist schon ein komisches Gefühl, wenn man angestarrt wird.
»Weißt du eigentlich, wie cool du bist?«
»Klar doch!« Ich drehe den Duschkopf in ihre Richtung. Sie kreischt und lacht. Sofort kommen die anderen dazu und eine Wasserschlacht ist in vollem Gang. Es ist allen egal, dass ihre Haare nass werden. Hier wird nach dem Turnen immer geduscht, kaum jemand scheint kapiert zu haben, dass Nacktsein peinlich ist. An meiner alten Schule haben sich alle die Kleider über die verschwitzten Körper gestreift.
Insgeheim betrachte ich meine Mitschülerinnen. Filippa hat überhaupt keinen Busen, Evin hingegen wirkt beinahe

erwachsen. Wenn ich mich nicht ganz täusche, habe ich seit meiner Ankunft in Bokarp ein paar Haare mehr zwischen den Beinen bekommen.
Nadine ist die Einzige, die beim Duschen zur Wand schaut. Ihr langes braunes Haar fällt wie eine wohlgekämmte Mähne über ihren weißen Rücken. Ich kann ihre Rippen unter der dünnen Haut erkennen. Nadine wirkt zerbrechlich und geheimnisvoll. Als hätte sie meinen Blick gespürt, dreht sie sich plötzlich um. Im nächsten Augenblick nimmt ihr Gesicht einen frechen Ausdruck an, dann richtet sie den Strahl auf mich. Ich renne auf sie zu, um das Wasser abzudrehen. Nadine hält ihre Hand vor den Hebel. So gelöst habe ich sie noch nie erlebt, mit niemandem.

Alvar und ich machen uns gemeinsam auf den Heimweg. Ich schiebe das Fahrrad neben mir her, weil seines mit einem Platten zu Hause steht. Mange findet, dass er es selber flicken soll, und hat ihm schon tausend Mal gezeigt, wie man's macht. Er kaut einem das Ohr damit ab, wie wichtig es ist, diese Dinge zu lernen. Mein Einwand, dass ich niemanden kenne, der seinen Platten selber repariert, ist ihm vollkommen egal.
Der ernste Alvar. Stirnfransen, die die Augen verbergen. Verkniffener Mund. Was ist jetzt schon wieder los?
»Seit du da bist, ist es echt anstrengend«, sagt er.
Ich weiß, dass er es nicht ernst meint. Er redet manchmal kompletten Unsinn.

»Was soll ich denn tun? Einfach das Maul halten, wenn er sich wie ein Vollidiot benimmt?«
»Ja, bitte.« Er tritt absichtlich in eine Pfütze, dass es spritzt. »So ein Aufstand macht es auch nicht besser!«
Ich schaue zum Marktplatz hinüber, wo ein paar Mädchen aus Teas Klasse vor der Statue stehen und Eis essen. Teas Freundin Fatima gestikuliert heftig. Alvars Schritte werden immer langsamer. Zuletzt steht er reglos da und starrt auf den regennassen Asphalt. Seine Stirnfransen haben sich in den Wimpern verfangen.
»Ich will einfach nur auf ihn einprügeln«, sagt er fast unhörbar.
»Was?«
Alvar hebt seinen Blick. Er sieht verängstigt aus. »Ich will ihm ins Gesicht schlagen, in den Bauch, überallhin. Ich muss die ganze Zeit daran denken, dass ich damals in der Tischtennishalle keinen richtigen Treffer gelandet habe.«
»Ist es nicht anstrengend, solche Gefühle mit sich rumzuschleppen?«
»Vielleicht.«
Er setzt sich wieder in Bewegung. Ich kapiere es einfach nicht.
»Aber ... wie kann man auf jemanden nur so wütend sein?«
Wie erwartet, keine Antwort.
»Was ist eigentlich zwischen euch passiert? Kannst du mir das nicht einfach erzählen?«
Er geht schneller. Ich schwinge mich aufs Rad, um mit sei-

nem Tempo mithalten zu können. Dann beginne ich zu singen: »Don't wanna see no blood, don't be a macho man. You wanna be tough, just do what you can, so beat it ...« Ich singe lauter als gewöhnlich, um ihn zu ärgern. Bestimmt ist ihm das jetzt wahnsinnig peinlich, aber er ist einfach selber schuld, wenn er nichts sagt.

2

Heute steht »Gartentag« auf dem Wochenplan. Was vor allem Laubrechen zu bedeuten scheint. An einem solchen Tag eine Freundin zu besuchen, ist vollkommen ausgeschlossen. Sich im Haus zu verschanzen und fernzusehen natürlich auch. Der Gartentag hätte eigentlich am Sonntag stattfinden sollen, aber da hat es geregnet und die ganze Familie ist stattdessen in die Bibliothek gegangen. Mich hat es nur mäßig begeistert, in einer Reihe und Regenklamotten durch den Ort zu spazieren, aber Tea und Alvar haben regelrecht gelitten. Der Anblick ihrer tief ins Gesicht gezogenen Kapuzen hat geradezu wehgetan. Nicht einmal in Bokarp unternimmt man alles gemeinsam. Und nicht einmal in Bokarp muss man sich Gummistiefel anziehen, sobald es draußen ein bisschen feucht ist.
Der Himmel ist von dunkelgrauen Wolken überzogen. Die Luft hat jede Freundlichkeit verloren. Aber ich bin trotzdem als Erste im Garten. Fast alles, was man zum ersten Mal macht, wirkt spannend. Ich kann mir ja nicht hundertpro sicher sein, dass Laubrechen nicht mein Ding ist.
»Weißt du wirklich nicht, was ein Rechen ist?«, erkundigt sich Mange mit dem Kopf im Geräteschuppen.

»Nein.«
»Und eine Harke?«
»So in etwa.«
Mange lacht übertrieben laut. »Wie ist das nur möglich, Billie? In Stockholm gibt es doch auch Laub? Und Leute mit Gärten?«
»Ich kenne niemanden, der einen Garten hat«, erwidere ich. »Und jemanden mit einem Rechen schon gar nicht.«
Er kommt mit einigen Holzstangen mit langen Plastikzinken an einem Ende zum Vorschein. Mange und ich sehen uns an und haben denselben Gedanken. Im nächsten Moment verwandeln sich die Rechen in fluoreszierende Stäbe und wir beginnen einen Fechtkampf wie in »Herr der Ringe«. Die Nachbarin starrt entsetzt durch die Hecke zu uns herüber. Petra kommt in einer Outdoor-Jacke in den Garten. Sie bleibt in einiger Entfernung stehen und fingert nervös an ihrem Goldkreuz.
»Jeden Moment triffst du sie ins Auge, Mange.«
»Keine Sorge«, sagt er und drückt mich an die raue Hauswand.
»Aaaah!«, schreie ich. »I swear to god I'm gonna kill you!«
»I'm gonna kill you first!«, sagt Mange.
»If you fuck with me I'll fuck with you!«, erwidere ich und schiebe ihn weg.
»Die!«
»Hört auf! Hört *sofort* auf!«
Wir lassen unsere Stäbe sinken. Sie sieht aus, als hätten

wir in vollem Ernst so schlimme Dinge gesagt. Was hat sie bloß? Denkt sie immer gleich an den Tod, wenn jemand »die« sagt? Wie sensibel darf man eigentlich sein?

»In dieser Welt wird schon genug getötet«, murmelt sie und greift sich einen Rechen.

»Jetzt sei doch nicht so«, entgegnet Mange. »Wir haben doch nur Spaß gemacht.«

»Sei doch nicht so«, wiederhole ich.

Aber Petra scheint uns nicht zu hören.

Mange zeigt mir, wie man den Rechen über das Gras zieht, damit das Laub zwischen den Zinken hängen bleibt. Fast sofort habe ich den richtigen Dreh raus. Aus den Augenwinkeln sehe ich, wie Petra auf den kleinen Baum zugeht, der nach dem Tod ihres verunglückten Sohnes Casper vor zwei Jahren gepflanzt wurde. Mittlerweile hängt ein Bild von Casper an der Wand im Wohnzimmer. Manchmal nenne ich seinen Namen, damit er ab und zu ausgesprochen wird. Niemand greift das Thema freiwillig auf, aber inzwischen können sie immerhin über ihn sprechen, wenn ich Fragen stelle. Manchmal kommen sie mit dem Erzählen richtig in Schwung. Aber irgendwie scheinen sie sich einreden zu wollen, dass sie meinetwegen über ihn reden und nicht von sich aus. Petra steht vollkommen reglos neben dem Bäumchen, dann beginnt sie, mit bedächtigen Bewegungen das pfifferlinggelbe Laub unter den Ästen zusammenzurechen. In diesem Moment schaut Alvars blasses Gesicht hervor. Er macht einen vorsichtigen Schritt auf die Terrasse und verkriecht sich tiefer in seine Jacke. Hinter ihm erscheint Tea in glänzender Weste und Gummistiefeln.

Laubrechen ist gar nicht so einfach, wie ich zuerst dachte. Richtig feuchtes Laub setzt sich zwischen den Zinken fest und verklumpt sich. Manchmal muss man sich bücken und das lehmige Zeug mit der Hand wegklauben. Aber ich strenge mich an und habe bald einen doppelt so großen Haufen wie die anderen zusammen. Mange bittet mich, die Schubkarre aus dem Geräteschuppen zu holen und das Laub hineinzulegen.

»Falls du überhaupt weißt, was eine Schubkarre ist.«

Er zwinkert mir zu. Petra hält inne.

»Billie weiß sicher viele Dinge, von denen *wir* keine Ahnung haben. Du darfst sie nicht dauernd kritisieren.«

»Das macht gar nichts«, antworte ich und begebe mich mit der Schubkarre Richtung Laubhaufen. »Mama würde sich halb totlachen, wenn sie mich jetzt sehen könnte. Sie kennt Gartengeräte nicht einmal aus der Ferne. Ihre Eltern haben Tabletten geschluckt und Jazz gehört.«

Tea schaut mich interessiert an.

»Was denn für Tabletten?«

»Solche, die man schluckt, um das Leben auszuhalten«, sage ich und reche ganz viel Laub zusammen. »Mama nimmt die auch.«

»Bitte weiterharken«, sagt Petra.

»Wie machen die Tabletten, dass man das Leben aushält?«, erkundigt sich Tea.

»Weiß ich nicht«, erwidere ich und häufe noch mehr Laub auf die Schubkarre. »Aber ohne die Tabletten hat Mama nicht einmal die Kraft, mit mir zu reden. Alles ist dann so sinnlos, sagt sie. Und wenn sie die Tabletten nicht nimmt, dann kriegt sie einen wahnsinnigen Hass auf die Gesellschaft und alle Menschen und will ganz andere Tabletten schlucken und noch mehr essen und Schnaps trinken und ...«

»*Billie*, jetzt müssen wir wirklich weitermachen, damit wir auch fertig werden.«

Ich bewerfe Tea mit Laub. Sie strahlt vor Freude, packt einen ganzen Haufen von der Schubkarre und lässt ihn über meinem Kopf los. Alvar macht mit. Wir fangen an, uns zu raufen, und landen in einem weichen Laubhaufen. Tea klemmt sich auf meinen Rücken. Ich kitzle Alvar, bis er vor Lachen kaum Luft bekommt. Einen Moment lang kommt es mir so vor, als ob die Sonne hervorschaut. Als hätte ich richtige Geschwister. Petra und Mange stehen auf entgegengesetzten Seiten des Gartens und schauen uns zu. Vielleicht würden sie ja auch gerne mitmachen, oder zumindest Mange.

Zu guter Letzt sagt Petra natürlich, dass es jetzt reicht. Mange bittet Alvar, ihm dabei zu helfen, einige Bretter an der Terrasse festzunageln. Alvar erhebt sich missmutig und klopft sich das Laub von den Jeans. Dann geht er mit Mange Richtung Haus. Ich schaue ihnen hinterher.

»Warum fragst du *mich* nicht, ob ich was festnageln will?«

Mange dreht sich um. »Was? Ja, willst du das denn?«

»Und ob.«

»Na, dann komm!«
Während Mange erklärt, wie's gemacht wird, schweift Alvars Blick ab. Und als er schließlich einen Hammer in der Hand hält, schlägt er nur ganz schwach zu. Ich übernehme gerne. Lasse den Hammer mit Schmackes niedersausen und treffe daneben. Ich witzle, dass ich Schreiner werden möchte, weil ich ganz offensichtlich talentiert bin. Mange findet, dass Alvar es noch mal versuchen sollte, aber der hat keine Lust. Mange schlägt den Nagel mit einem Hieb ein. Dann zwinkert er mir zu.
»So wird's gemacht, Billie.«
Er schielt zu Petra hinüber, die sich auf ihr Laub konzentriert.
Plötzlich ist aus der Ferne ein brummender Motor zu hören. Das Geräusch kommt näher. Der Wagen hält bei laufendem Motor hinter der Hecke des Nachbarn. Petra erstarrt. Mange holt tief Luft und geht dann auf die Straße. Ich ahne Interessantes und folge ihm. Am Bordstein steht ein limettengrünes altes Auto. Zwei Plüschwürfel schlenkern am Rückspiegel. Der Motor klingt wirklich schauderhaft. Mange beugt sich vor und spricht mit jemandem durch die runtergekurbelte Seitenscheibe. Man kann nicht hören, was sie sagen. Zwei derbe Hände ruhen auf dem Lenker. Ehe ich mich's versehe, richtet sich Mange auch schon wieder auf und der Wagen fährt weiter.
Petra steht immer noch dort, wo wir sie zurückgelassen haben.

»Er ist auf dem Weg zu Artur am Lindåsvägen«, erklärt Mange.
»Und da nimmt er diesen Weg?«
»Offenbar.«
»Wer war das?«, frage ich.
Alvar und Tea verdrücken sich ins Haus.
Petra und Mange sammeln die Rechen ein. Also wieder etwas, worüber nicht gesprochen wird.
»Wer war das im Auto?«, frage ich, lauter.
»Jens«, antwortet Mange.
»Wer ist das?«
Petra murmelt etwas in den Rasen.
»Was hast du gesagt?«, rufe ich.
Sie hebt den Kopf. »Mein Bruder. Douglas' Vater.«
Endlich erfährt man mal was Interessantes.

3

Auf dem Weg zur Schule fallen mir immer neue Melodien ein. Ich merke erst, dass ich singe, wenn mir die Blicke der Leute auffallen. Es scheint sie aber nicht zu stören. Manche lächeln sogar. So langsam kenne ich die Leute in Bokarp, wenn auch nur vom Sehen. Da ist der Mann mit den kleinen, kleinen Schritten, denke ich. Und dort drüben das Paar, das immer Händchen hält, wenn die Stimmung gut ist, sonst aber nicht. Gelegentlich sehe ich auch die ältere Frau mit den gepunkteten Strumpfhosen, aber nicht mehr so oft wie früher. Vielleicht hat sie ja anderes zu tun. Oder ihre Schwester ist aus dem Ausland angereist und hat sich bei ihr einquartiert, was weiß ich. Jedenfalls bemühe ich mich, niemanden auszuschließen, also grüße ich jeden, der mir begegnet.

Im Unterricht erzählt Roya, dass jede Klasse einen Schülerhelfer wählen soll, weil es in der Bokarper Schule offenbar Kinder gibt, die sich da nicht so wohl fühlen. Die Schülerhelfer können Streit schlichten, mit einsamen Schülern reden oder bei Konflikten Erwachsene verständigen. Ich finde das Thema extrem langweilig, aber allen anderen gefällt diese Idee sehr. Roya erkundigt sich, wer denn Lust hätte,

diesen Posten zu übernehmen. Nur recht wenige heben die Hand. Irgend jemand ruft meinen Namen. Shit!
»Hast du Lust, Billie?«, fragt Roya.
»Ja!«, rufen jetzt noch mehr Leute. »Billie – wer sonst?«
Ich sehe mich erstaunt um. »Aber ... ich bin doch neu?«
»Du machst das trotzdem am besten«, sagt Evin mit Überzeugung.
»Das können sicher auch andere Leute«, wendet Filippa ein.
»Genau«, pflichte ich ihr bei.
»Und zwar wer?«, möchte Wilma wissen.
Filippa schweigt einige Sekunden, während sie nachdenkt.
»Na, du zum Beispiel«, antworte ich Wilma.
»Ich bin aber nicht so lieb wie du«, erwidert sie.
»Das bist du sehr wohl«, sagt Filippa mit entschiedener Miene.
»Wir sollten vielleicht darüber abstimmen«, schlägt Roya vor.
Wie sehr ich auch beteuere, dass sich Wilma viel besser eignet, scheinen sich Evin und die anderen entschieden zu haben. Gerade als ich verkünden will, dass ich keinesfalls Schülerhelferin sein möchte, erhebt sich Nadine. Dass sie, die nie etwas sagt, sich hinstellt, genügt, um vollkommene Stille hervorzurufen.
»Ich stimme für Billie«, sagt Nadine. »Sie ist einfach die Beste.«
»Ja, Billie, du bist die Beste!«, ruft Evin.
Ich will heftig protestieren, gleichzeitig bezweifle ich, dass

ich mich drücken kann. Ich denke daran, dass sich Nadine und ihre Mutter vor dem Vater verstecken. Nadine verlässt sich auf mich, weil ich die Klappe halten kann. Mir kann sie ihre schwierigen Erlebnisse anvertrauen. Diese Sache könnte für sie wichtig sein. Außerdem ist Roya deutlich anzusehen, wie sehr sie sich freut, dass Nadine auch mal eine Meinung äußert. Sie will natürlich, dass Nadine für diese Mühe belohnt wird.

»In Ordnung«, willige ich ein.

Filippa packt ihren Stift und malt wütend etwas auf das Blatt Papier, das vor ihr liegt. Ich stelle mir vor, dass es ein Mädchen mit Dreadlocks an einem Galgen ist.

Nach der Stunde umringen mich alle und sagen, dass ich die beste Schülerhelferin aller Zeiten sein werde.

Evin spielt mit meinem Haar, als sei es ihr schönster Besitz. Filippa steht ein wenig abseits und scheint in ihr Handy vertieft zu sein. Mir ist natürlich klar, dass sie echt Angst hat, ich könnte ihr Evin wegnehmen. Dass sie nie wieder diejenige sein darf, mit der Evin als Erste ihre Kicheranfälle teilen möchte. Dass sie sich nicht mehr darauf verlassen kann, dass Evin nach der letzten Stunde auf sie wartet. Ich gehe auf sie zu und sage, dass ich mit ihr reden möchte. Sie schaut nicht einmal von ihrem Handy auf, also muss ich meinen Satz wiederholen. Ihre Miene macht deutlich, dass sie das nur *mäßig* interessiert.

»Ich bin nur für eine kurze Zeit hier. Meine Mutter hat mir

versprochen, wieder gesund zu werden. Sobald es ihr besser geht, fahre ich wieder nach Hause.«

»Wovon redest du eigentlich?« Filippa schaut von ihrem Display hoch.

»Davon, dass ich ein Pflegekind bin. Du musst mich eine Weile ertragen, dann ist alles wieder wie früher. Zwischen dir und Evin also.«

Filippas Wangen werden knallrot. »Also ... so was«, schnaubt sie, »du spinnst ja.«

Ich sehe ihr hinterher, während sie davonmarschiert. Das muss Eifersucht sein. Ich habe sie fast nie in der Realität erlebt. Aber man weiß es ja. Die Eifersucht kann Menschen in den Wahnsinn treiben. In den Soaps bringen sich die Leute wegen ihrer starken Emotionen gegenseitig um (obwohl ich natürlich nicht glaube, dass Filippa so weit gehen würde).

Evin zieht mich am Ärmel. »Komm schon, du olle Schülerhelferin.«

Wir zwängen uns durch die Mädchentraube in dem engen Korridor. Auf dem Schulhof werde ich auf einmal unsicher. Sollte ich als neue Schülerhelferin alle dazu auffordern, gemeinsam essen zu gehen? Kaum habe ich diesen Gedanken zu Ende gedacht, zwickt mich jemand in den Hintern. Douglas rast vorbei.

»Hey ...!«

Evin verdreht die Augen. »Nervensäge.«

»Und warum ist der so?«, frage ich.

»Warum sind manche Leute Massenmörder?«
»Vielleicht, weil sie komische Eltern hatten«, erwidere ich. »Die sie misshandelt oder vergewaltigt haben. Oder sie haben einen Gehirnschaden. Wegen einer schwierigen Geburt oder so.«
Evin sieht mich fragend an. »Das eigene Kind vergewaltigen? Geht das überhaupt?«
»Ja, ist aber ungewöhnlich.«
»Na, das erleichtert mich aber«, sagt Evin und rückt näher. »Obwohl ich glaube, dass Douglas' Vater ihm höchstens ab und zu einen Klaps gibt. Und dann muss sich Douglas in der Schule abreagieren.«
»Douglas' Vater?« Ich spitze die Ohren. »Wie ist der eigentlich?«
»Er sieht aus wie ... ein totaler Loser.«
»Und?«
Sie zuckt mit den Schultern. Wir öffnen die schwere Tür zur Mensa. Der Geruch von überbackener Fleischwurst dringt uns in die Nase.
»Und seine Mutter?«
»Die ist abgehauen«, antwortet Evin, als spräche sie vom Wetter.
Ich spüre einen Kloß im Hals. Mir fallen meine Worte wieder ein, und dass er plötzlich so schweigsam war. Wir stellen uns hinten an der Schlange an. Douglas steht etwas weiter vorne, und ich muss ihn die ganze Zeit anschauen.
Warum hat er mich gezwickt? Was hat das zu bedeuten? Ich

werde nicht schlau aus ihm. In der einen Sekunde sitzt er ganz ruhig im Klassenzimmer, um in der nächsten aufzuspringen und lebensgefährlich mit dem Lineal zu fuchteln. Jetzt dreht er sich plötzlich um. Er tut nicht einmal so, als würde er mich nur rein zufällig ansehen. Er ist jetzt ein anderer als der, der mich kürzlich gezwickt hat. Der hier scheint etwas von mir zu wollen.
Wenige Sekunden später ist es vorbei. Mein Gefühl, dass etwas geschehen ist, bleibt. Als ich den ersten Bissen in den Mund schiebe, fällt mein Blick auf Alvar, der einige Tische weiter sitzt. Warum schaut er mich so böse an? Was habe ich jetzt schon wieder verbrochen?

Sobald ich nach Hause komme, zieht mich Tea in ihr Zimmer. Sie trägt rosa Sneakers mit Silberapplikationen und zwei Zöpfe.
»Ich habe zwei Cremes mit der Post bekommen! Sie wollen, dass ich sie für meinen Vlog teste. Das bedeutet ...«, sie vollführt eine größenwahnsinnige Geste, »... dass sie mich entdeckt haben! Kapierst du? Die Leute wissen, wer ›Miss Pinky‹ ist! Die Leute finden mich ... gut!«
Ihr Körper steht so sehr unter Strom, dass ihre Puffärmel flattern. Wenn doch nur Alvar ein Zehntel ihrer Energie hätte. Ich nehme auf der weichen Tagesdecke Platz. Tea sieht richtig froh aus, aber kann man sich wirklich allen Ernstes über eine Creme freuen? Das ist die Frage.
»Was ist eigentlich aus Fatima geworden?«

Teas Lächeln erlischt. »Fatima?«
»Deiner Freundin?«
Tea schiebt die Unterlippe vor. »Was denn?«
»Ihr wart doch oft zusammen? Jedenfalls vor zwei Wochen. Sie war doch die Einzige, die dich verstanden hat.«
»Ich habe keine Zeit für sie! Ich brauche jedenfalls deine Hilfe. Wenn du vor mir nach Hause kommst, musst du den Briefkasten kontrollieren und alles, was für mich ist, verstecken. Mama und Papa dürfen nichts merken!«
Mir bleibt nichts anderes übrig, als ihr mein Versprechen zu geben. Dann darf ich ihr neuestes Video als »Allererste« anschauen. Darin präsentiert sie ihre »Produkte« mit dem üblichen Ernst.
Recht umgehend konzentriere ich mich auf ganz andere Dinge als ihre Produkte, zum Beispiel ihre aufgeblähten Nasenflügel. Sie bittet mich, das Video zu benoten. Ich gebe ihr eine Neun, obwohl sie meiner Meinung nach nur eine Zwei verdient hat.
»Warum nicht eine Zehn? Was hätte ich besser machen können?«
»Deine Augen hätten vielleicht lebhafter aussehen können.«
Mit düsterer Miene lässt sie sich aufs Bett sinken. Die Puffärmel hängen schlaff herab.
»Im Übrigen bist du megagut!«, füge ich hinzu. »Sogar ich kriege Lust, mich zu schminken.«
Ein zaghaftes Lächeln erhellt ihr Gesicht. »Eyeliner würde dir verdammt gut stehen.«

Ich wage es nicht, mich ein weiteres Mal nach Fatima zu erkundigen. Im besten Fall wollte Tea einfach ihre Freiheit haben, um ihr Ding durchzuziehen. Und das kann ich sehr gut verstehen.

4

Seit ich Schülerhelferin bin, wollen alle erst recht meine Freunde sein. Ich begleite sie nach Hause, weil sie es so wollen. Ich liege auf verschiedenen Betten und höre mir die Gedanken verschiedener Menschen über das Leben an. Die Leute in Bokarp denken mehr, als man meinen könnte.

Wilma träumt davon, dass ihre Mutter ihren Job loswird und dann weniger gestresst ist. Sie sagt, es sei besser, wenn sie Freunde mit nach Hause bringt, weil ihre Mutter dann weniger schimpft. Einmal knallt uns ihre Mutter das Essen so heftig auf den Teller, dass ein Glas umkippt und mir das Wasser über die Hose läuft. Ich scherze, dass ich nasse Beine liebe, und bringe sie damit zum Lachen. Wilmas Mutter erzählt, dass sie früher einmal Designerin werden wollte, aber dann eingesehen hat, dass das zu schwierig sei. Seit jenem Mal möchte Wilma täglich, dass ich sie nach Hause begleite. Aber es gibt so viele andere, mit denen ich mitgehen muss.

Marthas Vater ist wegen seinem kaputten Rücken krankgeschrieben. Martha schämt sich, weil er nur zu Hause rumhängt. Ich erzähle ihr, dass meine Mutter in ihrem ganzen Leben kaum einen Tag gearbeitet hat, was Martha ungemein freut. Wir helfen Marthas Vater beim Brotbacken. Er

scheint mir gerne zuzuhören, wenn ich von Mama und meinen Essgewohnheiten erzähle. Eine Zeit lang fuhren wir auf Dosenananas ab und aßen sie wirklich zu allem als Beilage. Larissa hat so viele Geschwister, dass sie sich jeweils zu mehreren ein Zimmer teilen müssen. So viele Leute an einem Ort machen mich ganz schwindelig. Wir bauen uns in Larissas Bett einen eigene Welt aus Kissen und Decken, um unsere Ruhe zu haben. Larissa erzählt mir flüsternd von allen, in die sie verknallt ist. Es sind so viele, dass sie sich gar nicht an alle erinnern kann. Mit dramatischer Stimme liest sie mir im Dunkeln unter der Decke aus ihrem Tagebuch vor. Wer hätte geahnt, dass in Larissa so ein Vulkan der Gefühle lauert?
Je mehr ich mich mit den Leuten unterhalte, desto klarer wird mir, dass sich praktisch alle einsam fühlen. Wie soll man da seine Aufgaben als Schülerhelferin bewältigen können? Wie soll ich denn da jedem genug Aufmerksamkeit schenken können? Ich kann ja schon gar nicht mehr richtig schlafen, weil ich so viel darüber nachdenke, wie ich anderen am besten helfen kann. Am liebsten würde ich mich in mein Zimmer verkriechen und niemanden sehen oder gemein zu den Leuten sein, damit mich niemand mehr mag. Ich male mir aus, wie es wäre, wenn ich wie Nadine schwiege und geheimnisvoll wirkte. Niemand wagte es dann, mit mir zu reden. Das wäre angenehm. Leider ist es schwierig, sein Verhalten so zu ändern, wenn sich alle bereits eine Meinung gebildet haben.

Zu guter Letzt rufe ich Mama über Skype an. Sie hat sich mit Zimtschnecken und Schokodrinks eingedeckt, und mein Herz tut mir vor Sehnsucht weh. Zimtschnecken und Schokodrinks sind unser Abendritual, und jetzt bin ich in Bokarp, wo nach sechs Uhr überhaupt nicht mehr gegessen wird, weil es ungesund ist. Ich erzähle ihr von der anstrengenden Schülerhelferinnensache.

»Ich habe Heimweh! Zu Hause findet mich niemand fantastisch!«

»Natürlich finden sie dich toll«, erwidert Mama. »Aber sie haben sich einfach daran gewöhnt, und dann ist es nichts Besonderes mehr.«

»Es wäre schön, wenn sie sich hier auch daran gewöhnen könnten!«

»Sei du selbst, dann wird wie immer alles gut. Bei mir ginge das natürlich nicht. Wenn ich ich selbst bin, dann rennen alle davon.«

Mama lacht und zeigt ihre gelben Zähne. Ich stimme ein, hauptsächlich, weil sie lacht. Das liebe ich nämlich. Ich spüre geradezu den Geschmack des Schokodrinks auf meiner Zunge. Und ich nehme beinahe den Geruch von Mama und unserer Wohnung wahr, ein Geruch nach schaler Coca-Cola, also nicht superfrisch. Aber er bedeutet zu Hause. Hier im Bett bei den Perssons riecht es sauber, weil ich gestern die Laken gewechselt habe. Mein Gefühl ist eine komische Mischung aus Alt und Neu. Hier muss man einmal pro Woche die Bettwäsche wechseln. Wenn ich Mama davon erzählen

würde, wäre sie schockiert. Wenn ich Petra erzählen würde, dass ich noch nie gesehen hätte, dass meine Mutter Laken wechselt, dann würde sie mir das nicht glauben.
»Ich wünschte, ich hätte Pflegepersonal wie du«, sage ich. »Sie könnten mir dabei helfen, das Leben in Bokarp zu bewältigen.«
»Du bräuchtest vielleicht so einen Coach«, meint Mama. »Du hattest doch einen, nicht wahr?«
»Ja, aber sie hat mir immer mit irgendwelchen Ideen in den Ohren gelegen, die so gar nicht zu mir gepasst haben.«
»Dann müssen *wir* einander halt coachen«, sage ich. »Ich fange sofort an. Iss keine Zimtschnecken mehr! Sonst passt du bald nicht mehr in dein Bett.«
»Denk dran, dass du so, wie du bist, in Ordnung bist«, schärft mir Mama ein und schiebt sich eine halbe Zimtschnecke in den Mund. »Das warst du schon immer, Billie.«
Dann fängt sie an, sich über alles Mögliche zu beklagen. Wo es heute wehtut und wie faul die Pfleger sind. An rein gar nichts lässt sie ein gutes Haar. Schließlich muss ich den Computer leiser schalten, damit sich die Perssons nicht fragen, was in meinem Zimmer los ist. Ich sehe ein, dass ich mich wohl oder übel daran gewöhnen muss, einmal pro Woche die Bettwäsche zu wechseln. Vielleicht ist es ja nach einer Weile nicht mehr so anstrengend. Vielleicht macht es mir irgendwann sogar Spaß.

5

Evin will, dass wir die gleichen Pullis kaufen. Die Häuser in der Stadt sind niedrig, und das Pflaster ist so uneben, dass man leicht ins Stolpern gerät. Wir stöbern in fünf Läden herum und schauen uns alle Kleider an. Das geht ziemlich schnell, und ich schweige über die große Auswahl in Stockholm. Evin findet, dass mir alles steht, aber das stimmt nicht. Als mir kalt wird und ich nach Hause fahren will, lässt sie sich mit enttäuschter Miene auf eine Parkbank sinken. Sie scharrt so fest mit den Füßen, dass ich befürchte, sie könnte ihre Sneakers abnutzen.

»Ich habe fast das Gefühl, dass du gar nicht mit mir zusammen sein willst.«

»Doch, natürlich will ich das!«

Ihr Blick schweift über die Fußgängerzone, durch die ein ungemütlicher Wind pfeift. »Ich habe das Gefühl, du willst mit allen außer mir zusammen sein.«

»Ich muss zu allen nett sein, das weißt du doch.«

»Keiner kann für alle da sein, Billie.«

Sie klingt so vernünftig. Aber die Sache ist die: Sie möchte mich ganz für sich haben. Als wäre ich ein Gegenstand. Was ist denn so schlimm daran, dass ich es auch mit an-

deren nett habe? »Du wolltest ja, dass ich Schülerhelferin werde«, sage ich.
»Ja, schon, aber musst du dich da so reinhängen?«
In diesem Augenblick entdecke ich eine Person in schwarzer Bomberjacke und Sneakers. Douglas geht neben einem Typen her, der die gleiche schlaksige Gangart hat wie er. Endlich passiert etwas! Mir bleibt keine Zeit, Evin über meine offenen Fragen aufzuklären, also packe ich sie am Ärmel und zerre sie Richtung Fußgängerzone. Ganz »zufällig« kreuzt sich unser Weg mit dem von Douglas und dem Mann, den ich für Jens halte. Douglas wirkt so beschämt, dass sich meine Neugier sogleich steigert.
»Ich heiße Billie.« Ich strecke ihm meine Hand entgegen. »Ich wohne bei Mange und Petra. Du bist doch sicher Petras Bruder, oder?«
Er wirft Douglas einen Blick zu. »Äh ... stimmt. Ich heiße Jens.« Er schüttelt mir ganz kurz die Hand. Dann beginnt er, in seiner Tasche zu wühlen, und fischt eine Zigarettenschachtel heraus. Schüttelt eine Zigarette heraus und zündet sie an. Er hat halblanges Haar und ein faltiges Gesicht. Irgendwie lässt sich nicht beurteilen, ob er okay ist oder nicht.
»Du wohnst also bei Petra«, sagt er.
»Ja, aber nur so lange, bis sich meine Mutter zusammenreißt und ich wieder bei ihr einziehen kann.«
Douglas wirkt von der Situation gelinde gesagt überfordert. Seine Stachelhaare ragen wie frisch erwachte Frühlingsgräser in die Luft. Die Augen sind hellblau wie die seines

Vaters. Kohlrabenschwarze Wimpern. Ungewöhnlich bei so hellhäutigen Menschen.

»Sie ist ziemlich krank«, fahre ich fort, »darum kann man momentan nicht viel mit ihr anfangen.«

»Nicht?«, erwidert Jens.

»Nein, aber so ist das Leben manchmal.«

Douglas wirft seinem Vater einen gestressten Blick zu. »Gehen wir bald?«

Jens hört ihn nicht. Er betrachtet mich sehr nachdenklich.

»Wie geht's Petra?«, erkundigt er sich vorsichtig.

»Gut. Alvar hat nächsten Samstag Geburtstag.«

»Wir wollten doch einen ... Staubsauger kaufen?«, erinnert ihn Douglas.

Jens betrachtet ihn erstaunt. »Du wolltest doch nach diesem Vogelbuch Ausschau halten?«

Douglas schüttelt heftig den Kopf und errötet gleichzeitig. Ich platze fast vor Neugierde. Ein *Vogelbuch*? War das ein Witz?

»Tja ...«, sagt Jens. »Alvar wird also zwölf?«

»Papa? Bitte!«

Seine Stimme ist ganz weich. Wo hat er denn diese Stimme her? Jens lässt die Kippe zu Boden fallen und lächelt Douglas schief an. Ihm ist anzusehen, dass er nie richtig böse sein kann.

»Kommt doch einfach«, sage ich schnell. »Nächsten Samstag um drei!«

»Ich glaube, das wäre keine so gute Idee«, antwortet Jens.

»Doch, ich bin mir sicher, dass sie sich freuen würden«, lüge ich.
»Eher nicht. Aber es war nett, dich zu treffen.«
Ich sehe ihnen nach. Douglas wetzt vor seinem Vater her.
»Warum hast du *mich* nicht zu dem Fest eingeladen?«
Ich wende mich Evin zu. »Du bist schließlich nicht mit Alvar befreundet«, antworte ich und kneife sie in den Hintern.
Evin kreischt schrill. Ihre Eichhörnchenaugen funkeln. »Das wird sich ändern! Und zwar schleunigst!«
Wir jagen einander durch die Fußgängerzone. Ein alter Knacker ruft uns wütend hinterher, dass wir aufpassen sollen, wo wir hinrennen. Wir platzen fast vor Lachen und verschwinden in eine Seitenstraße, dann in eine weitere. Plötzlich haben wir uns verlaufen und müssen nach dem Weg fragen, um zur Bushaltestelle zurückzufinden.
Im Bus sitzen wir eng, eng beieinander. Wir teilen uns meine Kopfhörer und hören Michael Jackson. Evin strengt sich an, ihn zu mögen. Sie mag vor allem Rock und Gitarren. Ich habe ihr versprochen, mir auch ihre Musik anzuhören, aber meistens ist sie mir bereits nach dem ersten Song verleidet. Ich schaue aus dem Fenster auf die gelben Bäume und denke daran, dass ich Jens eingeladen habe. Manchmal weiß ich nicht, was mit mir los ist. Plötzlich hüpft mir einfach etwas aus dem Mund, ohne dass ich vorher darüber nachgedacht habe. Aber was bleibt einem anderes übrig, wenn die Geheimnisse nie gelüftet werden.

6

Es gibt einfach Leute, die einem wirklich leidtun können. Einige davon wohnen in meinem Haus. Tea sieht immer beschäftigt aus, aber wenn sich die Mädchen ihrer Klasse auf dem Hof versammeln, ist sie nicht dabei. Obwohl sie behauptet, das sei kein Problem, mache ich mir Sorgen. Oft sitzt sie in ihr Handy vertieft auf einer Bank, oder sie ist zu einem unbekannten Ziel unterwegs.
Ich setze mich in der Pause zu ihr und plaudere über belanglose Dinge. Tea betrachtet mich erstaunt. Sie möchte wissen, ob ich mich bemühe, weil ich Schülerhelferin bin oder weil mir wirklich etwas an ihr liegt. Dann teilt sie mir mit, dass sie keine Hilfe braucht und dass es nett wäre, wenn ich sie in Ruhe lassen würde. Offenbar hat sie Besseres zu tun, als sich mit mir zu unterhalten. Ich weiß nicht, was ich von Teas Einsamkeit halten soll. Vielleicht sind ja nicht alle einsamen Leute unglücklich. Vielleicht braucht Tea einfach ihre Freiheit.
Ich frage Alvar, was er denkt, aber er scheint meine Frage nicht zu verstehen. Es ist, als hätte er sich über Tea noch nie Gedanken gemacht.
»Ich habe keine Ahnung.«

»Warum nicht?«, erkundige ich mich. »Du kennst sie doch länger als alle anderen.«
Mit zerstreutem Gesichtsausdruck kratzt er sich am Kopf.
»Sie ist einfach da. Wir ... also ...«
»... kennt euch nicht? Das ist ja echt deprimierend!«
Ich denke daran, wie viel Zeit diese Familie gezwungenermaßen zusammen verbringt, beim Pilzepflücken und an Gartentagen. Trotzdem wirken sie wie Inseln, die Tausende von Seemeilen voneinander entfernt liegen.
»Wenn Tea sagt, dass sie alleine sein will, dann ist das wohl so?«, meint Alvar.
Ich unterdrücke einen allzu lauten Seufzer.
»Nicht alles, was die Leute behaupten, stimmt auch.«
»Warum kann man die Dinge nicht einfach hinnehmen, wie sie sind?«
»Wenn alles einfach sein dürfte, wie es ist, dann wäre ich nie nach Bokarp gekommen.«
Er lächelt ein bisschen.
»Nicht alles ist anstrengender, seit du da bist«, sagt er nach einer Ewigkeit. »Nicht wirklich.«
Ich warte auf eine Fortsetzung, aber die kommt nicht. Trotzdem ist mir klar, dass das bedeutet, dass ich jetzt fast seine Schwester bin. Wenn er doch nur Tea auf die gleiche Art zu schätzen wüsste. Wozu hat man eine Familie, wenn man nicht zusammen sein will.
Am Abend schlage ich vor, dass wir zu dritt in meinem Zimmer einen Film schauen. Tea will wissen, ob das auch

so ein Schülerhelferding sei. Was gäbe es sonst für einen Grund, alle zusammen in meinem Bett zu liegen? Ich antworte, dass es einfach Spaß macht. Sie seufzen tief, machen aber mit. Tea kommt in mein Zimmer und sieht aus, als wäre sie gerade einem Buch von Astrid Lindgren entstiegen, klein und unschuldig mit ihrem frisch gewaschenen, hellen Haar. Sie trägt ein Nachthemd. Seit ich fünf war, habe ich kein Nachthemd getragen, aber in dieser Familie ist man ein wenig altmodisch. Ich lege den Laptop beiseite und hebe die Decke an. Schnell gleitet sie mit ihren eisigen Füßen darunter. Kurz darauf taucht Alvar auf, ohne Schlafanzug, aber zum Glück in Kleidern.

Es ist fast unmöglich, sich auf einen Film zu einigen, weil Tea nur Highschool-Filme mit Teenieproblemen mag und Alvar unbedingt etwas zum Lachen braucht. Schließlich finden wir einen Film über einen Jugendlichen mit Krebs, der bald sterben muss. Ich fange ziemlich umgehend an zu weinen. Alvar und Tea lassen mit keiner Miene erkennen, ob sie auch traurig sind. Sie schauen vor allem mich an und überlegen, ob ich verrückt geworden bin.

»Ich weine nur, wenn ich Filme anschaue«, sage ich. »Es gibt nichts Besseres!«

»Warum gibt es nichts Besseres, als zu weinen?«, erkundigt sich Tea.

»Ja?«, möchte auch Alvar wissen.

»Warum fühlt man nichts, wenn jemand sterben muss?«, frage ich zurück.

»Nicht alle haben so tiefe Gefühle.«
»Und man ist ja kein besserer Mensch, bloß weil man weinen kann«, sagt Tea.
Ich lächle in mich hinein, weil sie dank mir endlich einmal einer Meinung sind. Vielleicht bin ich ja eine ganz passable Schülerhelferin.
Mich beschäftigt schon sehr, warum die beiden nicht weinen können. Ich hoffe nur, dass sie seit Caspers Tod nicht alles Traurige in sich hineinfressen. Vielleicht haben sie einfach zu viel geweint und keine Tränen für die Filme übrig.

7

Ich behaupte, dass ich bereits Tausende von Torten gebacken habe und freie Hand brauche. Mange willigt ohne Diskussionen ein. Petra erkundigt sich beunruhigt, welche Torten ich in meinem Leben denn schon gebacken habe. Ich weiß nicht, wie die verschiedenen Torten heißen, erzähle aber so anschaulich wie möglich von einer Schokoladentorte mit Mandeln, Buttercreme und Baiser, die ich einmal gebacken habe. Vielleicht übertreibe ich meine Begabung ja ein bisschen. Petra beschließt trotzdem, mir zu glauben. Sie gibt ihr Okay, obwohl ihr der Gedanke, mir das Backen zu überlassen, sichtlich Angst macht. Schließlich besteht die Gefahr, dass die Torte misslingt und die Geburtstagsfeier auch.

Wir gehen zusammen los, um die Zutaten zu besorgen. Unterwegs begegnen wir Menschen, die mit Petra reden möchten. Sie hat ihre Verwandten beerdigt, ihre Kinder getauft und ein Pärchen verheiratet, das gleich mit dem Bus zum Boxtraining in die Stadt fährt. Sie umarmen Petra und möchten wissen, wie es ihr geht. Dann versprechen sie ihr, sie bald zu besuchen. Petra erkundigt sich nach den Familienangehörigen.

»Kann man wirklich so tun, als seien einem alle Menschen wichtig?«, frage ich sie, nachdem sie mit allen geredet hat.
»*So tun?*«
»Man kann doch nicht *immer* für alle da sein?
Petras Blick schweift in die Ferne. »Ja ... Manchmal muss man vielleicht so tun, als ob.«
»Ich werde nie so tun, als ob«, sage ich.
Wir entscheiden uns für den kleinen Lebensmittelladen, weil Royas Freundin Vendela die Besitzerin ist. An Wochenenden hilft Roya dort manchmal aus, und heute ist so ein Tag. Sie trägt ein T-Shirt mit dem Namen des Ladens und ist fröhlicher als in der Schule. Vendela und sie wirken wie Evin und ich, kaum schauen sie sich an, müssen sie auch schon lachen.
Ich erzähle Roya von der Torte, und sie findet, dass sie super klingt. Vendela zeigt mir eine spezielle, neonfarbene Streuselsorte. Petra steht in ihren eleganten weißen Hosen daneben und versucht, am Gespräch teilzunehmen. Aber verglichen mit allem, was Roya und Vendela erzählen, klingen ihre Worte langweilig. Wenn die Leute sie nicht um Rat fragen oder sich bei ihr bedanken, ist sie sozusagen eine andere Person. Es ist, als könnte sie sich nur dienstlich mit den Leuten verständigen. Ich überlege mir, wie es wohl gewesen wäre, wenn ich zu einer anderen Familie gekommen wäre. Wenn sie sich für Motorräder interessiert hätten, wäre ich vielleicht mit dem Motorrad in die Schule gefahren. Und wenn sie Bauern gewesen wären, hätte ich vielleicht Kühe

melken dürfen. Jetzt stehe ich also hier und gehöre zu Petra, obwohl wir ein sehr ungewöhnliches Duo abgeben.
Als wir wieder zu Hause sind, darf mir Tea in der Küche assistieren. Petra und Mange haben versprochen, sich nicht einzumischen. Sie haben die Lage also nicht im Griff. Für Leute, die ihr Leben wie nach Rezept leben, die jeden Morgen das gleiche gesunde Frühstück essen und jeden Abend zur gleichen Zeit den Fernseher ausschalten, muss das wahnsinnig anstrengend sein.
Tea bindet sich eine rosa Spitzenschürze um und möchte das Tortenrezept sehen. Ich antworte, dass ich es im Kopf habe.
»Beim Backen braucht man aber ein Rezept!« Tea schaut mich entsetzt an.
»Nein, das ist nicht nötig. Man kann sich auch selber was ausdenken.«
»Ohne Rezept mache ich nicht mit!«
Sie will die Küche verlassen. Ich habe jetzt keine Lust auf ihre Launen. »Na, dann lass es halt! Geh auf dein Zimmer und schmink dich stattdessen!«
Sie betrachtet mich mit erstaunter Miene. Ich suche die Zutaten zusammen und sehe aus dem Augenwinkel, wie sie sich langsam wieder nähert. Schweigend hilft sie mir bei den Vorbereitungen.
Während wir backen, wirft sie immer wieder besorgte Blicke zur Tür, als hätte sie Angst, ertappt zu werden. »Stimmt das auch so?«, will sie manchmal wissen. Ich muss lachen,

kleckere absichtlich Kuchenteig auf den Boden, nehme eine Handvoll Mehl und streue es auf ihren Kopf. Mit panischem Blick fasst sie sich in die Haare. Dann entspannt sie sich plötzlich. Sie kippt mir ein wenig Mehl auf die Hand. Immerhin.

Punkt drei Uhr steht eine Torte auf dem Tisch, die genauso aussieht, wie ich sie mir vorgestellt habe. Sie ist mit Baiser und Neonstreuseln verziert, und ich habe zwölf Kerzen hineingesteckt. Mange, Petra, Alvar, Großmutter Alice und Großvater Rutger, die in der Nähe wohnen, bewundern das Meisterwerk beeindruckt. So etwas haben sie wirklich nicht erwartet. Petra hat sicher damit gerechnet, in letzter Sekunde in die Stadt fahren und panisch eine Torte kaufen zu müssen.

»Herzlichen Glückwunsch, Alvar!«, rufe ich. »Alles Gute zum Geburtstag!«

»Danke, Billie.«

Alvar umarmt mich überraschend. Er sieht ebenso frisch gebacken aus wie die Torte: mit Wachs im Haar und einem neuen gestreiften T-Shirt, das heute Morgen in einem der Pakete lag. Wir sind vor ihm aufgestanden und haben in der Küche miteinander flüsternd ein Frühstückstablett vorbereitet und Kerzen angezündet. Petra hat Apfelsaft in ein Glas gegossen, und Mange hat ein Butterbrot mit Salami gemacht. Dann sind wir die Treppe hinaufgeschlichen und haben »Hoch soll er leben« gesungen. In diesem Moment habe ich der Familie Persson wirklich alles verziehen, denn so etwas Nettes habe ich nur selten erlebt. Wenn Mama oder ich Geburtstag haben, besorgen wir höchstens etwas Leckeres zu essen, ein teures Steak beispielsweise. Geschenke gibt es nicht unbedingt.

Wir wollen gerade die Torte anschneiden, da klingelt es an der Tür. Petra und Mange tauschen fragende Blicke aus. Ich springe fröhlich auf, um zu öffnen. Vor der Tür stehen Jens und Douglas und wirken fehl am Platz. Mich packt die Panik, denn damit habe ich wirklich nicht gerechnet. Jens hat ja betont, dass sie nicht kommen würden, aber jetzt ... Ich habe tatsächlich Leute eingeladen, die Alvar echt nicht sehen möchte – zu seiner *eigenen* Feier!

Jens hält ein Geschenk in der Hand. Er hat zu viel Gel im Haar. Douglas hat die Schultern hochgezogen und sieht mich gequält an. Ich versuche, mir schnell etwas Schlaues einfallen zu lassen, aber da taucht auch schon Petra hinter mir auf.

»Und, wer ist es?«

Ihr Lächeln verwandelt sich in eine Grimasse. Jens, der das sieht, wird noch nervöser.

»Wir dachten ... wir wollten nur ein Geschenk überreichen. Tja, wir sind der Kleinen vor ein paar Tagen zufällig begegnet, und da hat sie uns ... eingeladen.«

Betroffen starre ich zu Boden. Die Stille ist ohrenbetäubend. Ich fühle mich wie die Schülerhelferin *from hell.*

»Na dann ...« Petras Stimme könnte kaum eisiger klingen. »Kommt mal rein.«

Vorsichtig hebe ich den Blick. Ich kann an nichts anderes denken, als dass Alvar gleich Douglas Auge in Auge gegenübersteht. Und dass er mich deswegen bis an sein Lebensende hassen wird – und im nächsten Leben dazu.

Während sie reingehen, lungere ich lauschend in der Diele herum. Dann höre ich Alices Stimme. »Hallo, mein kleiner Dogge. Wie geht's, wie steht's?«

Ich hole tief Luft und folge den anderen.

»Wir wollten bloß ein Geschenk vorbeibringen«, sagt Jens und überreicht das Päckchen.

»Danke«, murmelt Alvar.

Er hat ein Playstation-Spiel bekommen, obwohl er gar keine Konsole besitzt. Beschämt meint Jens, er könnte es im Laden gegen etwas anderes umtauschen. Er wühlt in den Taschen seiner Jeans, kann aber keine Quittung finden. Dann zieht er seine Brieftasche hervor, aber auch dort ist sie nicht. Er sagt, es tue ihm leid, und seine Stirn glänzt vor Schweiß. Ich möchte ihm gerne helfen, aber mir fällt nichts Gescheites ein.

»Du hast sie an den Kühlschrank gehängt«, sagt Douglas. »Für den Fall ...«, ein Kopfnicken zu Alvar, »dass er es umtauschen will.«

Jens wirft seinem Sohn einen dankbaren Blick zu. »Ja, genau ...«

Ich muss schon sagen, dass ich Douglas für diese Lüge geradezu mag.

Petra schneidet die Torte mit fahrigen Bewegungen an.

Alle kauen und sprechen über die Torte, die zufälligerweise richtig gut schmeckt. Immer wieder aufs Neue muss ich erzählen, wie ich sie gemacht habe. Gleichzeitig kann ich nicht ausblenden, dass Petra Jens' Blicken ausweicht. Sie unterhält sich mit allen anderen und fingert an ihrer Halskette herum. Alvar schaut auf seinen Teller. Alice und Rutger lachen gekünstelt und reden in rasendem Tempo über Leute, die neue Häuser gekauft oder sich haben scheiden lassen.
»Könnt ihr euch an sie erinnern?«, fragen sie Jens und Petra. »Sie waren doch unsere Nachbarn im Mandolinvägen.«
Petra und Jens schütteln schweigend ihre Köpfe. Alice und Rutger verzagen zusehends und sehen immer bedrückter aus. Alvar betrachtet mich finster. Bei dem Gedanken, dass ich seinen Geburtstag ruiniert habe, wird mir ganz schlecht. Wie egoistisch von mir. Alvar soll keine weitere Sekunde leiden müssen.
»Willst du mein Zimmer sehen?«
Ich spüre Alvars Blick im Nacken, als ich mit Douglas den Raum verlasse.
Douglas sieht sich in meinem Zimmer um.
»Wie du siehst, habe ich nicht aufgeräumt«, erkläre ich und schalte Musik ein. »Sie finden, dass man jedes Wochenende staubsaugen und die Sachen wegräumen soll, aber ... das ist nicht so ganz mein Ding.«
Douglas lächelt sein winziges Lächeln und setzt sich auf den Bürostuhl. »So sind sie. Gefällt's dir hier?«

»Ich denke schon«, antworte ich und setze mich aufs Bett.
Douglas schaut versonnen zum Fenster hinaus. »Also ich habe mir früher gewünscht, hier zu wohnen.«
»Wann?«
»Als ich kleiner war.«
Ich platze fast vor Neugier.
»Ah ja? Warst du oft hier?«
Er zuckt mit den Schultern. »Immer, wenn Papa weg war und so.«
»War er oft weg?«
»Mmh.«
Ich kann mir Douglas als Teil der Familie Persson fast nicht vorstellen. Wie war es wohl, als Alvar und er zusammen waren? Haben sie zusammen auf dem Boden in Alvars Zimmer gesessen und Lego gespielt? Oder mit Lätzchen um den Hals nebeneinander am Küchentisch gesessen? Bei dem Gedanken, wie sie das Tischtuch mit Bananenpüree ruinieren, muss ich fast kichern.
»Da unten sieht's aber nicht mehr aus wie früher«, meint Douglas. »Sie haben das Sofa und so umgestellt.«
»Wann warst du denn das letzte Mal hier?«
»Das war, bevor ...« Er unterbricht sich. »Vor zwei Jahren.«
Ich schlucke. »Kanntest du Casper?«
»Natürlich.«
Erst jetzt wird mir klar, dass Douglas wirklich ein Teil dieser Familie ist.
»Warum bist du dann nicht mehr hierhergekommen?«

Sekunden verstreichen. Douglas starrt geradeaus, auf die Wand. Er scheint die Frage nicht gehört zu haben. Zu guter Letzt dreht er mir den Kopf zu.
»Sehnst du dich oft nach Hause?«
Warum wechselt er das Thema, wo wir doch gerade über so interessante Dinge sprechen? Mein Gefühl sagt mir jedoch, dass es nicht okay wäre, jetzt nachzuhaken.
»Manchmal«, erwidere ich.
Michael Jackson erhält vom Chor Unterstützung: »You are not alone. I am here with you. Though we're far apart, you're always in my heart ...«
»*Deine* Mutter ...?«, frage ich.
»... abgehauen.«
»Abgehauen?«
Er verzieht das Gesicht. »Sie war sowieso eine blöde Kuh, es spielt also keine Rolle.«
»Meine Mutter ist auch eine blöde Kuh. Ich liebe sie trotzdem.«
Wir sehen einander an. An seinen Augen lässt sich ablesen, wie es ist, eine blöde Kuh zu lieben. Ich will, dass er hierbleibt, hier übernachtet, auf einer Gästematratze neben meinem Bett schläft.
»Denkst du oft an sie?«
Meine Frage ist hauchdünn wie Geflüster. Er atmet tief ein. Ist drauf und dran, etwas Wichtiges zu erzählen, hält aber inne. Ich wage kaum zu atmen. Da sehe ich, dass Tränen in seinen Augen stehen.

Dass Douglas, der oft so gemeine Dinge sagen kann, so viele Gefühle hat!

»Douglas!«

Das ist Jens aus dem Erdgeschoss. Seine Stimme klingt streng. Da unten ist irgendwas schiefgelaufen, das hört man. Douglas erhebt sich sofort. Auf der Schwelle dreht er sich noch einmal um. Was ist bloß mit meinem Körper? Er ist vollkommen willenlos.

»Tschüss«, sagt er.

»Bis dann«, antworte ich.

Einige Sekunden später höre ich die Haustür zuschlagen. Ich traue mich nicht nach unten. Wer weiß, vielleicht sind ja alle wahnsinnig wütend auf mich. Schließlich habe ich Leute eingeladen, die hier unerwünscht sind. Mich hätte das auch genervt. Man kann nicht einfach ins Leben anderer Menschen hineintrampeln und tun und lassen, was einem Spaß macht.

Nur wenige Sekunden verstreichen, dann geht meine Tür auf. Alvar kommt herein und macht sie ordentlich hinter sich zu. Er sieht gar nicht so wütend aus, bleibt aber in einiger Entfernung auf dem blauen Teppich stehen.

»Worüber habt ihr gesprochen, Douglas und du?«

»Habt ihr tatsächlich zusammen gespielt, als ihr klein wart?«

Ich sehe ihm an, dass ihn die Frage stört. »Petra hat sich um Douglas gekümmert, als es Jens schlechtging«, antwortet er ausweichend.

»Als es ihm schlechtging?«
»Aber jetzt will sie nicht mehr. Sonst noch Fragen?«
Widerstrebend schüttle ich den Kopf. Alvar kommt näher, nimmt ganz außen auf der Bettkante Platz. »Was habt ihr hier gemacht?«
»Geredet.«
»Worüber?«
Ich piekse ihn spielerisch mit dem Zeigefinger. »Ich werd' mich doch wohl noch mit ihm unterhalten dürfen? Schließlich gehen wir in dieselbe Klasse.«
Alvar mag weder mein Gepiekse noch meine Antwort, das ist ihm anzusehen. Er will natürlich, dass ich mich von Leuten, die er hasst, fernhalte. Aber wenn mir niemand erzählt, warum er sie hasst, dann ist es schwierig. Im Moment kommen wir wohl nicht weiter. Ich biete ihm von meinen Süßigkeiten an, die ich unter dem Bett versteckt habe. Eine Zeit lang ist nur leises Schmatzen und das Prasseln der Tüte zu hören. Innerhalb weniger Minuten haben wir alles in uns hineingestopft.
Danach legen wir uns der Länge nach aufs Bett. Ich merke, dass er wieder der Alte ist. Alvar kichert über meinen geheimen Widerstand. Ich kaufe an allen Tagen, an denen es nicht erlaubt ist, Süßigkeiten. Ich vertraue ihm an, dass ich manchmal Petras Handtuch benutze, weil ich's einfach nicht lassen kann. Da kichert er noch mehr.

8

Petra steht vor der Badezimmertür und erklärt mir, dass die Zeit drängt, aber ich bin zu sehr damit beschäftigt, mich im Spiegel zu betrachten. Ich habe in Augennähe einen Leberfleck auf der Wange, der eklig aussieht. Außerdem liegt der eine Schneidezahn auf komische Art über dem anderen. Ich beschließe, dass es mir egal ist. Ich darf einfach nicht wie Moa in meiner alten Klasse werden, die einmal gesagt hat, es gäbe nichts Schlimmeres, als zusammengewachsene Augenbrauen. Bis dahin hatte ich keinen einzigen Gedanken an Augenbrauen verschwendet.

Als ich aus dem Badezimmer komme, denkt Petra, dass ich mich endlich auf den Schulweg mache, aber ich muss mich erst noch umziehen. Das graue T-Shirt macht mir keinen Spaß. Ich brauche mehr Farbe, will was Gelbes tragen. Oder vielleicht doch lieber den blau-rot gestreiften Pulli? Diese Entscheidung lässt sich nicht übers Knie brechen. Ich ziehe die Pullis an und aus, an und aus. Schließlich erscheint Petra und bemüht sich, wütend auszusehen. Ihr Blick bleibt an mir hängen. »Ziehst *du* dich um?« Auch sie kann es nicht fassen. Ich bin wie eine Person aus einer Fernsehserie, die eine komplett neue Identität erhalten hat.

Sobald ich in der Schule bin, sehe ich mich suchend um. Auf dem Schulhof ist er nirgends zu sehen, im Klassenzimmer auch nicht. Seine Bank ist leer. In der nächsten Pause haue ich Salim so auf die coole Art an: »Douglas ist wohl krank?« Salim zuckt träge mit den Schultern.
Ich weiß ja, dass er in die Schule geht, wenn es ihm gerade passt. It's not a big deal. Warum will ich ihn überhaupt dahaben? Wenn er dann schon mal in der Schule ist, zerfetzt er Papier, geht immer wieder nach vorne, um seinen Bleistift zu spitzen, verlässt das Klassenzimmer ohne Grund. Er bewirft die anderen mit Radiergummis, spricht einfach, ohne sich zu melden, checkt sein Handy, obwohl das nicht erlaubt ist, und lacht einfach laut heraus, wenn ihm gerade etwas Lustiges einfällt. Ich ärgere mich über mich selbst, weil ich mir Gedanken über ihn mache. Ich ärgere mich, weil ich mich extra umgezogen habe.
In der Pause stehe ich mit den anderen Mädchen bei den Bänken herum. Sie sprechen über die Posts und Bilder anderer Leute. Ich höre ihre monotonen Stimmen, ohne ihnen zuzuhören. Evin betrachtet mich nachdenklich. Schließlich bin ich doch sonst immer zu einem Scherz aufgelegt. In einiger Entfernung wird Fußball gespielt. Alvar ist auch dabei. Seine zahnstocherdünnen Beine sehen aus, als könnten sie sich jederzeit ineinander verheddern, aber seine Miene ist lebendig. Wortlos verlasse ich die Mädchen.
»Darf ich mitmachen?«, rufe ich den Fußballjungs zu.
Das Spiel kommt zum Stillstand. Salim glotzt mich an.

Alvar schielt beunruhigt zu mir herüber. Evin und die anderen Mädchen starren mich an, als hätte ich etwas echt Krasses gemacht. Ich wünschte mir, dass sich wenigstens Alvar wie ein normaler Mensch benehmen und Okay sagen könnte.

»Okay«, sagt Rasmus. »Billie ist in unserem Team!«

Evin nähert sich dem Spielfeld mit Nicki und Wilma. Die Frage ist, ob sie sich auch dazu durchringen könnten, in der Pause Fußball zu spielen. Mit allem zu brechen, was seit Millionen von Jahren festgelegt ist? Mir fällt Folgendes auf: Jeden Morgen zur gleichen Zeit aufzustehen und unzählige Regeln zu befolgen, ist anstrengend, aber nichts im Vergleich dazu, ein Mädchen in Bokarp zu sein. Ich werfe mich auf den Ball und rutsche über den Belag. Meine Jeans haben Löcher bekommen, und mein Knie brennt ein wenig. Aber das Brennen ist irgendwie angenehm. Rasmus hilft mir wieder auf die Beine. Kurz darauf trifft mein Ball das Schienbein des Stürmers der gegnerischen Mannschaft und hüpft von dort ins Tor, unser Tor. Sogar Alvar lacht. Am allermeisten aber lache ich. Evin, Nicki und Wilma kichern am Rande des Spielfeldes.

»Billie, Billie!«, rufen sie. »Weiter, weiter!«

Ich werfe Alvar einen Blick zu. Er hat sich wieder in sein steifes Ich zurückverwandelt. Ich wende den Kopf. Douglas' Anblick versetzt mir einen Stich. Er steht am Rand und beobachtet uns. Bei dem Gedanken daran, wie wir zusammen auf meinem Bett gesessen haben, wird mir ganz wohlig. Ich lächle, damit er sieht, dass ich mich daran erinnere. Aber er betrachtet mich mit einem neutralen Gesichtsausdruck.

»Heh!«, ruft Salim. »Douglas! Komm!«

Aber er geht weiter, Richtung Schulgebäude.

Jetzt macht es mir keinen Spaß mehr. In meinem Kopf schwirren die Fragen herum. Warum tut er so, als wäre ich ein Niemand, wo wir uns doch so richtig unterhalten haben?

Später am Nachmittag scharen sich alle um Nickis Handy. Ich frage, was denn da so spannend ist.

»Die Leute posten echt gemeines Zeug über Alvars Schwester. Deine Bonusschwester. Tea.«

Nicki hält mir das Display ihres leopardengemusterten Handys hin. In einem Chat wird Tea als verrückte Tusse beschimpft und ihr Vlog als peinlich bezeichnet. »Wie kann sie sich bloß einbilden, dass man jemanden anschauen will, der so hässlich ist«, »Miss Pinky, das ist wohl ein Witz!«

Ich sehe mehrere Leute aus ihrer Klasse am Nachmittag auf dem Korridor, aber keine Tea. Ich versuche, Fatima abzufangen, aber sie will nicht mit mir reden.

In der nächsten Pause gehe ich in das Wäldchen und singe, um einen klaren Kopf zu bekommen, aber es hilft kein bisschen. Erst nach der Schule finde ich sie schließlich in ihrem Zimmer. Sie hat das Rollo runtergelassen und ein Spotlight auf sich selbst am Schreibtisch gerichtet. Die Kamera steht bereit. Sie hat toupiertes Haar wie eine Hollywoodfrau. Ihre

Augen sind groß wie Untertassen, der kleine Mund glänzend und klebrig.
Sie schaut mich finster an. »Was willst du?«
»Einfach nur reden.«
»Ich bin mitten in einer Aufnahme.«
Sie schaut in die Kamera, macht einen Schmollmund. Ich mache einen vorsichtigen Schritt ins Zimmer.
»Warst du heute nicht in der Schule?«
»Natürlich war ich in der Schule.«
»Ich habe dich nirgends gesehen«, sage ich.
Es ist unmöglich, ihren Blick aufzufangen. Am liebsten würde ich zu ihr gehen und sie umarmen, aber das würde sie niemals zulassen.
»Kannst du nicht einfach wieder gehen?«, seufzt sie. »Oder hast du mir etwas Wichtiges zu erzählen?«
»Haben dich Leute aus Bokarp auf YouTube gesehen?«
Sie erstarrt mitten in einer Bewegung.
»Falls die Leute gemein zu dir sind ...«
Sie wedelt abwehrend mit einer Hand. »Das ist mir egal. Und zwar *vollkommen*.«
»Willst du mit mir Fahrrad fahren?«
»Nein.«
»Einen Film anschauen? Abhauen? Kuchenbacken? Einen Song ausdenken?«
»Geh' schon!« Ihr Gesicht ist knallrot angelaufen. »Ich muss ... mich *konzentrieren*!«
Ich gehe zu Petra hinunter, die sich im Fernsehen anschaut,

wie man das eigene Haus auf Vordermann bringt. Sie sieht immer Programme, wo es darum geht, wie man die Einrichtung verschönert, Essen zubereitet oder sich im Garten betätigt. Ich verstehe gar nicht, wie jemand, der alles so im Griff zu haben scheint, noch etwas dazulernen soll. Alles in dem braunen Haus ist ja perfekt. Jedes Ding an seinem Platz, kein einziger überflüssiger Gegenstand. Ich habe zum Beispiel einen ganz bestimmten Haken, an dem ich meine Jacke aufhängen soll. Da steht zwar nicht mein Name dran, aber es ist *mein* Haken. Hänge ich meine Jacke woanders hin, wird sie immer umgehängt.

Sie sieht mich erstaunt an, als ich mich neben sie aufs Sofa setze. Petras dünne Hand ruht auf dem hellen Stoff ihrer Hose. Die junge Frau auf dem Bildschirm streicht Regale an und hängt Lichterketten auf.

»Das ist doch hübsch, nicht wahr?«, meint Petra.

»Hast du schon mal Teas Schminkvideos angeschaut?«

Petra runzelt die Stirn, lässt den Bildschirm aber nicht aus den Augen. »Ja ... einen. Ich kenne mich mit Schminke nicht aus.«

»Man kann sie auf YouTube sehen.«

»Ich weiß«, antwortet sie. »Du meinst, dass ...« Sie streicht sich eine Strähne von der Wange.

»Ich meine gar nichts.«

»Es ist leicht, all die Dinge, die Mädchen gefallen, zu verurteilen.« Aber dann kommen ihr Zweifel. »Gleichzeitig ... kann es wirklich gut sein, sich auf diese Weise öffentlich zu präsentieren, wenn man erst zehn ist? Vielleicht nicht. Aber sie ist ja so interessiert. Und ... ich kann ihr schließlich nicht alles verbieten.«

»Man kann sich ganz schön gemeine Kommentare einhandeln.«

Petra betrachtet mich geduldig. »Tea kann manchmal ziemlich schwierig sein.«

»Das heißt?«

»Tja ... Sie muss ihren Freundinnen gegenüber etwas flexibler sein.«

»Dann ist es also ihre eigene Schuld, wenn ...«

Petra unterbricht mich mit einer Handbewegung. »Billie, Mange und ich sind die Eltern. Wir sind zwar nicht perfekt, das ist mir klar, aber wir sind auch nicht vollkommen untauglich.«

Sie erhebt sich und geht in die Küche. Ich sehe, wie sie den Wasserkocher füllt. »Möchtest du einen Tee?«

9

Im Wald ist es stockdunkel, aber wir haben spezielle Taschenlampen mit elastischen Bändern am Kopf befestigt, damit wir die Landkarte anschauen können und sehen, wo wir hintreten. Mange hat Alvar und mich auf einen nächtlichen Orientierungsmarsch mitgenommen, weil das »einfach Spaß macht«.

Bald veranstaltet die Schule einen ganztägigen Orientierungslauf, und er will wohl nicht, dass wir uns blamieren. »OL bei Tageslicht kann ja jeder.« Es ist Mange wirklich anzumerken, wie sehr er sich wünscht, dass Alvar ihm ähnelt. Dabei könnten die beiden kaum unterschiedlicher sein. Vor Kurzem motzte sich der durchtrainierte Mange in seiner Neonkluft vor dem Spiegel in der Diele auf, während sich der schmächtige Alvar müde und voller Unlust seine alten Turnschuhe zuband.

Ich wurde von einem Lachanfall geschüttelt, als ich mich in verbeulter Jogginghose und Stirnlampe im Spiegel erblickte. Was wohl alle zu Hause denken würden, wenn sie mich so sehen könnten. Mange hat mich fotografiert, als ich coole Posen mit dem Kompass machte. Dann habe ich ein Bild an Mama und ein paar Freundinnen verschickt. Mama antwor-

tete mit lauter Fragezeichen, meine Freundinnen konnten ihren Augen kaum trauen (»OL? Du?«).
Sie haben mich immer noch nicht vergessen. Ich weiß immer, was abgeht. Meine Freunde filmen insgeheim die Lehrer, wenn sie ihre Ausbrüche haben, und schicken mir dann die Clips. Nadja hat das Handy beim Frisör dabei und filmt, wie sie ihr den halben Kopf rasieren. Mit ihrer neuen Frisur sieht sie verrückt, aber lustig aus. Immer wenn ich ein bisschen down bin, denke ich an Dinge, die wir zusammen gemacht haben, wie zum Beispiel wildfremde Leute anrufen und behaupten, wer am besten ein Baby nachahmen könne, würde einen Haufen Geld gewinnen. Aber Sehnsucht bringt natürlich nichts. Da ist es besser, sich voll und ganz in den Nacht-OL reinzuhängen.
Die Luft ist rau, die Erde feucht, und man kann kaum weiter als einige Meter sehen. Mange hat das Gebiet als »einfach« eingestuft, mit vielen Pfaden und deutlichen Markierungen, aber ich bin nicht seiner Meinung. Nichts ist »einfach«, wenn man zum ersten Mal an einem OL teilnimmt. Außerdem passt sich Mange nur für sehr kurze Zeit unserem Tempo an und spurtet dann zum nächsten Posten davon.
»Viel Erfolg!«
Ich halte krampfhaft die Karte fest und versuche, mich mit nach vorn gerichtetem Blick zu konzentrieren. Alvar schlurft neben mir her, als sei es ganz allein meine Aufgabe, den richtigen Weg zu finden. Ich entdecke einen riesigen Felsbrocken und frage Alvar, ob der möglicherweise auf der

Karte eingezeichnet ist. Er weiß es nicht. Er weiß überhaupt nichts. Ich trete versehentlich in den Matsch, der bis zum Knie hochspritzt.

»Ist das ein Sumpf?« Ich deute auf ein Gewässer vor uns.

»Keine Ahnung. Ich hasse die Natur.«

Seine Ausdrucksweise amüsiert mich. Etwas zu »hassen« ist in der Familie Persson keinesfalls gestattet.

»Weißt du, was ich liebe?«, sage ich. »Dass du etwas hasst.«

»Landkarten hasse ich auch«, erwidert er eifrig.

»Was noch?«

»Kompasse.«

»Der Kompass ist doch ein tolles Ding?«, antworte ich. »Stell dir vor, was der alles kann.«

»Und zwar was?«

»Der Kompass muss nicht über den richtigen Weg nachdenken. Schließlich kennt er die Richtung. Stell dir vor, wenn wir das auch könnten.«

»Und was würde uns das bringen?«, erkundigt sich Alvar und macht einen übertrieben großen Bogen um einen Ameisenhaufen.

»Es gibt tausend Wege im Leben. Wie soll man sich sonst für den richtigen entscheiden?«

Er betrachtet mich fragend, als hätte er sich noch nie Gedanken über die Zukunft gemacht.

Wir schweigen eine Weile. Der Wind pfeift durch die Wipfel. Ein Tier gibt Geräusche von sich. Eine Eule? Ich denke darüber nach, dass es besondere Menschen gibt, die nicht wollen, dass man merkt, wie speziell sie sind, wie Alvar. Dann gibt es Leute, bei denen es umgekehrt ist. Nadjas ungewöhnliche Frisur macht sie nicht ungewöhnlicher. Vielleicht hat ja Tea schreckliche Angst davor, speziell zu sein, und darum braucht sie eine Menge Follower.

»Was willst du mit deinem Leben machen?«

»Was ich will?«

»Wovon träumst du?«

»Ich träume nicht«, erwidert Alvar müde.

»Du könntest Künstler werden! Du könntest ... Illustrationen für die Zeitung machen!«

»Nein ...«

»Du könntest eine Kunstschule besuchen.«

Er dreht sich zu mir um. Seine Stirnlampe blendet mich, und ich muss den Blick abwenden. »Kunstschule?«

»Ja, manche Schulen bieten bereits in der Mittelstufe bildnerische Zweige an.«

»Wirklich?«

»Vielleicht nicht hier«, räume ich ein.

Er verkriecht sich in seine übergroße Windjacke.

»Was willst du eigentlich?«

»Der Welt zeigen, wie begabt du bist.«

Über den Wipfeln gibt ein Vogel unheimliche Laute von sich. Mir fällt auf, dass ich schon lange keine Markierung mehr gesehen habe.

»Mir ist kalt«, sagt Alvar.

Im gleichen Moment raschelt es im Gebüsch neben uns.

Unsere Schreie breiten sich im Wald aus und gehen dann in panisches Gelächter über. Ich lasse mich auf den Boden sinken. Alvar landet neben mir. Ich strahle ihn mit meiner Stirnlampe an und sehe, dass er vollkommen entspannt ist. Wie weit er sich doch von zu Hause entfernen muss, um zu sich selbst zu finden.
»Fuck Nacht-OL!«, sage ich.
»Fuck *jeden* OL«, fährt Alvar fort.
Er muss mir versprechen, Mange seine Meinung über Orientierungsläufe zu sagen. »Du denkst, dass man seinen Eltern gehorchen muss«, sage ich, »aber das stimmt nicht.«
Da keiner von uns beiden im Wald übernachten will, bleibt uns nichts anderes übrig, als weiterzugehen. Laut Karte sollten wir uns in flachem Gelände befinden, aber es geht immer weiter aufwärts. Zu guter Letzt stehen wir auf einem Berg und schauen auf kompakte Dunkelheit hinunter. Wir rufen Mange an, damit er uns hilft. Ich höre seiner Stimme an, dass er verärgert ist. Einfach geradeaus, sagt er.
Wir marschieren also wieder den Abhang hinunter und lassen uns telefonisch auf den richtigen Pfad dirigieren. Wir sind so erschöpft und durchgefroren, dass wir das Gefühl haben, es nie zu schaffen. Ich sehne mich nach Mama, die kaum etwas von mir verlangt. Was ist wohl anstrengender? Ein Nacht-OL oder eine Lasagne in die Mikrowelle schieben? Armer Alvar, der Outdoorsachen machen muss, wenn er viel lieber im Gartenhäuschen sitzt und an seiner Tonfiguren-Armee arbeitet.

Zuletzt findet uns Mange. Er ist so wütend, wie er es sich in diesem dunklen, unheimlichen Wald erlauben kann. Aber nur auf Alvar.

»Wir haben das doch jetzt schon tausend Mal gemacht, und da schaffst du nicht einmal das kurze Stückchen ohne meine Hilfe. Ich frage mich, ob du mir jemals zugehört hast. Oder ob du deine Ohren, und übrigens auch deine Augen, immer nur verschlossen hast. Du scheinst ja rein gar nichts gelernt zu haben. In deinem Alter müsstest du wirklich von einem Posten zum nächsten finden. In deinem Alter habe ich bereits alleine an OL- und Tischtennis-Wettkämpfen teilgenommen, und zwar nicht nur in Schweden. Aber ihr seid einfach viel zu verwöhnt, Tea und du. Ihr müsst nie Verantwortung übernehmen. Was wirklich nicht gut ist, wie ich jetzt merke.«

Als er endlich fertig ist, erwarte ich eine Reaktion. Einfach irgendwas. Alvar könnte doch wenigstens sagen, dass er Orientierungsläufe hasst. Aber nichts geschieht. Schweren Schrittes geht er weiter, während Mange stehen bleibt und ergeben seufzt. »Falsche Richtung!«

10

Eines Tages, als ich gerade mit dem Gospelchor über Gott singe, fällt mir auf, dass Petra als Pfarrerin die gleiche Aufgabe hat wie ich, nur für Erwachsene. Nach dem Singen gehen die Leute zu ihr und erzählen ihr Dinge. Dabei kommen sie ihrem Ohr ganz, ganz nahe. Petras Augen blicken konzentriert. Jedes Wort scheint tief in ihren Körper einzudringen. Sie ergreift die Hand der betreffenden Person oder streicht ihr über den Arm, sieht ihrem Gegenüber beruhigend in die Augen. Sie umarmen einander, ehe sich ihre Wege trennen.
»Wie schaffst du es nur, allen zu helfen?«, frage ich Petra auf dem Heimweg.
Sie betrachtet mich erstaunt. »Das kann ich gar nicht. Aber einfach zuzuhören, bewirkt auch schon sehr viel.«
Ungeduldig frage ich weiter. »Und wenn jetzt die Leute, die es am dringendsten nötig hätten, *nicht* um Hilfe bitten? Wie kannst du denen dann helfen?«
»Tja ...« Sie lächelt mich geduldig an. »Man kann nicht alle im Auge behalten.«
Am liebsten würde ich sie fragen, ob sie nach Caspers Tod auch jemanden um Hilfe gebeten hat, oder ob sie alles in

sich hineingefressen hat, aber ich traue mich nicht. Mir fällt auf, dass wir beide, Petra und ich, auf irgendeine Weise von anderen als gute Menschen betrachtet werden. Aber sind wir das wirklich? Ich habe Douglas das eine Mal gemeine Sachen an den Kopf geworfen, außerdem finde ich oft, dass die Leute Idioten sind. Und Petra hat manchmal so eine scharfe Stimme.

»Hilfst du den Leuten, weil du Pfarrerin bist oder weil du es wirklich willst?«

Sie scheint sich über diese Frage nicht besonders zu freuen.

»Vermutlich bin ich Pfarrerin geworden, weil ich ein hilfsbereiter Mensch bin.«

»Aber würdest du dich wirklich die ganze Zeit um Leute kümmern, wenn du es nicht müsstest? Mal ehrlich?«

»Ich denke schon. Oder ... ich weiß nicht genau, Billie.«

Bilde ich mir nur ein, dass sie ihre Schritte beschleunigt, damit ich keine weiteren schwierigen Fragen stellen kann?

»Hast du deinem Bruder viel geholfen?«

Petra sieht mich entsetzt an. Es besteht kein Zweifel, dass sie nicht über Jens reden will.

»Hast du?«, fahre ich fort.

»Ja, er war ein ziemlich schwieriger Junge.«

»Wieso?«

Sie überlegt, wie sie es ausdrücken soll.

»Tja ... er hat die Schule nicht beendet und auch sonst nichts gemacht. Er war dann ... bedrückt. Und hatte Mühe, Arbeit zu finden.

»Er hat also Mist gebaut?«
Petra lächelt angestrengt. »So könnte man es ausdrücken.«
»Was hast du dann gemacht?«
»Ich habe ihm Geld geliehen. Und er hat bei uns gewohnt, als er keine Wohnung hatte.«
»Und dann?«
Petra legt mir einen Arm um die Schultern. »Jetzt reden wir über etwas anderes, Billie. Ich bin stolz auf dich, habe ich das schon gesagt? Es gibt ja kaum eine größere Auszeichnung, als zur Schülerhelferin gewählt zu werden.«
»Aber was ist dann mit Jens passiert? Warum seht ihr euch nicht mehr?«
Sie lässt mich abrupt los. »Ich kann mit dir nicht über alles reden, das verstehst du doch!«
Mit entschiedenen Schritten geht Petra weiter. Ihre Hosen haben scharfe Bügelfalten und sind aus einer Stadt, die zwei Stunden entfernt liegt und in der sie an einer Fortbildung für Pfarrer teilgenommen hat. Die Ärmel ihres Mantels haben ganz zuunterst eine Pelzkante. Petra ist so lieb. Sie ist so hübsch. Und sie hört gerne zu. Aber wenn man mit ihr streitet, kann man hinterher bestimmt nicht mehr gut schlafen, da bin ich mir ganz sicher.
»Ich und Magnus gehen zum Psychologen«, sagt sie plötzlich. »Nur damit du das weißt. Wir reden über Casper.«
»Das musst du mir nicht erzählen. Ich bin ja noch ein Kind. Nicht wahr?«

Am nächsten Tag gehe ich wie gewöhnlich in der Schule herum und halte nach einsamen Schülern Ausschau. Vielleicht gibt es ja Leute, die ich fragen kann, wie es ihnen geht, die ich mit einem Scherz aufmuntern oder in etwas Lustiges einbeziehen kann. Selbst habe ich mich nie einsam gefühlt. Einsam zu *sein* und sich einsam zu *fühlen*, müssen eigentlich grundverschiedene Dinge sein. Wie oft habe ich nicht im Bett gegessen, während Mama schlief. Die Stunden sind verstrichen, ohne dass sie aufgewacht wäre. Ich habe mir eine ganze Staffel angesehen. Ich habe geduscht und mich abgetrocknet, habe mich angezogen und noch mal was gegessen und eine neue Serie angefangen. War das traurig, obwohl ich nichts davon gemerkt habe? Nein.

Das Laub der Bäume vor dem Schulhof ist von knisterndem Orange, aber ich habe keine Zeit, ihren Anblick zu genießen. Überall höre ich »Halt's Maul!« und »Idiot!«. Ein Junge aus der Fünften rennt ein Mädchen über den Haufen. Als ich ihn frage, ob er sich nicht entschuldigen will, schaut er mich angeekelt an. Auch ich würde jetzt gerne Idiot schreien. Aber da fällt mein Blick auf Tea, die allein auf dem Schulhof steht. Fühlt sie sich wohl dabei? Oder nicht? Bevor ich sie erreiche, macht sie sich schon davon. Was soll man nur tun, wenn die Leute keine Hilfe annehmen wollen? Das hätten sie mir ruhig erklären können, bevor sie mich zur Schülerhelferin ernannt haben.

Am Ende dieses Schultages habe ich so viel über die Dinge nachgedacht, die ich *nicht* für andere getan habe, dass ich mich wie ein richtiger Loser fühle. Also bleibe ich nach der letzten Stunde im Klassenzimmer, um mit Roya zu reden. Ich verwandle mich in jemanden, der ich nie gewesen bin.

»Viel zu viele brauchen Hilfe«, klage ich. »This is too much for me!«

Roya zupft nachdenklich an ihrem Ohrring. Sie hat die Ärmel ihrer Bluse hochgekrempelt, sodass ihr Tattoo auf dem Unterarm zu sehen ist: Ein Vogel mit lila Flügeln. Ich liebe Vögel, außer nachts.

»Du kannst dich nicht um alle kümmern, Billie. Es gibt ja noch andere Schülerhelfer an der Schule.«

»Und wo sind die?«

»Tja ... sie nehmen ihren Auftrag vielleicht nicht ganz so ernst.«

Mein Blick schweift aus dem Fenster. Ich sehe Nadine, die sich allein und mit gesenktem Kopf auf den Heimweg macht. Wenn ich jetzt da draußen wäre, könnte ich sie zum Bus begleiten. Vielleicht überlegt sie sich ja, warum ich ihr nicht helfe. Nadine hat Ayo, aber auch nicht immer. Ayo ist am liebsten mit Evin und den anderen zusammen. Mir ist klar, warum Nadine einsam ist. Sie schaut den Leuten nicht in die Augen und lacht selten. Die einzige Person, der sie vertraut, bin ich. Aber ich hatte noch keine Zeit für sie, denn Evin und Nicki zerren ständig an mir, und Wilma, Martha und Larissa laden mich dauernd zu sich nach Hause ein. Und dann sind da auch noch Alvar und die vielen anderen Einsamen. Der Gedanke ist unerträglich.

»Wir könnten uns vielleicht etwas einfallen lassen, was Spaß macht«, meint Roya. »Etwas, an dem alle in der Schule teilnehmen wollen. Um den Zusammenhalt zu stärken.«

»Etwas, was Spaß macht?«

»Ja, es gibt sicher Leute, die mithelfen wollen. Dann wird es nicht so anstrengend?«

Mir fällt die Disco in meiner alten Schule ein. Wir haben die Aufgaben auf verschiedene Gruppen verteilt. Die einen haben gebacken, die anderen haben Würste verkauft, und wieder andere haben für Unterhaltung gesorgt.

»Vielleicht ein Fest«, schlage ich vor, obwohl ich noch vor Kurzem alles an den Nagel hängen wollte.

»Ja? Oder vielleicht noch mehr. Ein ganzer Tag zum Thema Freundschaft.«

»Oder eine Woche! Eine Freundschaftswoche!«

Roya lächelt breit. Ganz weit hinten hat sie einen Zahn mit Goldfüllung. »Dabei wolltest du doch gar nicht mehr Schülerhelferin sein.«

Ich lache über mich selbst. Und freue mich irgendwie darüber, dass ich so wechselhaft bin. »Ja, aber jetzt will ich ein Fest organisieren. Ich werde als Michael Jackson auftreten.« Dann schwenke ich meine Dreads und ahme, so gut es geht, einen Moonwalk nach.

11

Pausenaktivitäten, Morgenversammlungen, Poesielesungen, Vorträge, gemeinsames Brunchen und Elternabende sind in Planung, alle unter dem Motto Freundschaft. Obwohl für jeden Bereich je eine Gruppe zuständig ist, bin ich immer noch die Chefin (Hilfe!). Jeden Tag treffe ich mich mit einer Gruppe, um über ihre Ideen zu sprechen. Ein Team ist für das abschließende Fest und alles, was am letzten Abend stattfindet, verantwortlich. Im Ort gibt es eine coole Band, die gerne auftritt. Ich habe das Gefühl, dass sich die Leute mehr dafür begeistern, spaßige Aktivitäten zu organisieren, als den Einsamen zu helfen. Die Schüler, die immer das Sagen haben, bestimmen auch jetzt die meisten Dinge. Die Lauten sind lauter denn je, die Leisen hingegen sind leise wie immer und gehen wie sonst nach Schulschluss sofort nach Hause.

Das Lokalblatt kommt in die Schule und will mich interviewen. Plötzlich steht eine junge Frau mit einer Kamera da. Sie stellt mir Fragen zu meinen Gedanken über die Freundschaft. Meine Antworten kommen wie von selbst. Fast ohne es zu merken, habe ich ihr die ganze Pflegekindgeschichte erzählt. Ich sehe, wie ihr Stift immer schneller über das Blatt huscht. Sie nickt eifrig, stellt immer neue Fragen. Interviewt zu werden ist nichts, wonach ich mich gesehnt habe. Trotzdem posiere ich gutgelaunt vor der Kamera, während Evin in der Nähe steht und den Daumen hebt. Sobald die Journalistin wieder weg ist, rennt sie auf mich zu.

»Worüber habt ihr geredet?«

»Alles.«

»Darf man Journalisten wirklich alles erzählen? Stell dir vor, wenn das dann in der Zeitung steht.«

»Wäre das so schlimm?«

»Ich meine bloß ...« Evin senkt die Stimme. »Willst du denn wirklich, dass *alle* erfahren, dass du ein Pflegekind bist?«

»Warum nicht?«

Evins Miene ist voller Zweifel. »Ich meine ja nur ...«

»Schließlich ist das ja nicht *meine* Schuld, oder?«

Da verzieht sich Evins Mund zu einem breiten Lächeln. Sie vergräbt ihre Nase in meinem Haar. »Du bist echt cool«, flüstert sie und pustet mir in den Nacken, dass es kitzelt. »Kommst du nach der Schule mit zu mir?«

Das mache ich gerne. Wir radeln um die Wette zum Solkullen hinauf. Ich gewinne mit knappem Vorsprung.

Evins Innenhof ist voller Kinder, die schaukeln oder Skateboard fahren. In einiger Entfernung sitzen ein paar Fünfzehnjährige und rauchen. Wir schauen den Skatern eine Weile zu. Ich applaudiere, wenn sie ihre Kunststücke machen. Ein Junge fragt mich, ob ich auch mal möchte. Ich bejahe und kippe fast sofort um. Evin lacht prustend, will aber nicht selber probieren. Vielleicht hat sie ja Angst, sich zu blamieren.

»Man kann nicht alle Skills haben«, sage ich.

Auf dem Weg zu Evins Haustür erblicke ich Douglas und Salim.

»Äääah!«, sagt Salim.

Evin will mich mit festem Griff wegziehen, aber ich sträube mich. Ich versuche, Douglas' Blick aufzufangen. Seit wir zusammen auf meinem Bett gesessen haben, hat er mich gemieden. In der Schule hat er einmal die Gruppe gewechselt, um nicht mit mir zusammenarbeiten zu müssen. Er hat zwar behauptet, dass er lieber einen Vortrag über Ägypten halten wolle, aber das nehme ich ihm nicht ab. Jetzt steht er dort drüben und sieht wieder so geheimnisvoll aus. Seine Stachelfrisur ist länger geworden. Der hellblaue Blick schweift über den Innenhof. Warum ist er mir nicht vollkommen egal? Warum stehe ich hier und überlege mir, was er wohl denkt? Vielleicht bilde ich mir ja auch nur ein, dass er Grips hat.

»Wo geht ihr denn jetzt hin?«, erkundigt sich Salim.

»Nach Hause«, antwortet Evin. »Billie isst vor dem Tischtennis bei mir zu Abend.«

»Tischtennis? Spielst du immer noch?«

Evin sieht aus, als könnte sie Salim umbringen. »Na und? Du hast doch bloß aufgehört, weil du immer verloren hast, oder?«

Sie plänkeln weiter. Ich schiele zu Douglas hinüber, der sich vor allem dafür zu interessieren scheint, was die Kinder auf dem Spielplatz so treiben. Ich möchte endlich mit Evin nach Hause gehen, statt mir Gedanken darüber zu machen, was wohl in Douglas vorgeht. Aber es geht nicht.

»Wohnst du hier?«, frage ich ihn.

Er sieht mich erstaunt an, als würde ihm jetzt erst auffallen, dass ich da bin. Deutet auf ein Haus auf der gegenüberliegenden Seite des Innenhofes. »Da drüben. Im fünften Stock.«

»Du und Jens?«

Er nickt. Er scheint noch etwas sagen zu wollen. Ich wage nicht zu sprechen, damit er es sich nicht anders überlegt. Neben mir stöhnt Evin laut auf, Salim bringt sie fast zur Verzweiflung. Gleich wird sie sagen, dass wir weitermüssen.

»Kommst du mit rauf?«

Ich starre Douglas an und bin mir nicht sicher, ob ich richtig gehört habe.

»Zu dir?«

»Ja«, erwidert er. »Ich war ja auch schon bei dir.«

»Komm«, sagt Evin und zieht an meinem Ärmel.

Weil ich stehen bleibe, will sie wissen, was los ist.

»Ich geh' ganz kurz mit Douglas mit.«

Ihre Miene ist nicht sonderlich erfreut. »Douglas? Du gehst mit *Douglas* mit?«

»Ich komme dann bald nach!«

Dann gehen wir. Salim jault uns etwas von wegen Ficken

hinterher. Douglas ruft ihm zu, dass er sich verpissen soll. Ich werfe Evin einen letzten Blick zu. Von Lachgrübchen keine Spur mehr. Ich denke an alles, was ich der Journalistin zum Thema Freundschaft erzählt habe. Nichts davon erfülle ich. Aber gesagt ist nun einmal leichter als getan.
Schweigend stehen wir im Aufzug und schauen in verschiedene Richtungen. Ziemlich eklige Sachen sind an die Wand gekritzelt. Im fünften Stock hält der Aufzug. Douglas schiebt den Schlüssel ins Schloss. Irgendjemand hat Buchstaben in die Tür geritzt. Ich bleibe ganz dicht hinter ihm, damit er mir nicht plötzlich die Tür vor der Nase zuschlägt.
In der Diele hängen unzählige Jacken, obwohl nur zwei Personen in diesem Haushalt leben. Mindestens zehn Paar Schuhe drängen sich auf dem Boden. Die Wohnung ist hell, aber nicht weiß wie bei den Perssons und auch nicht kalt. Ein Wäscheständer steht im Wohnzimmer, der Teppich wurde einfach an die Wand geschoben. Auf dem Boden liegen zwei Hanteln und eine Trainingsmatte. Niemand hat das benutzte Geschirr auf dem Couchtisch vor dem Fernseher weggeräumt. Alles, was ich sehe, macht mich glücklich.
»Willst du einen Kaffee?«, fragt Douglas.
Bei den Perssons ist es ausgeschlossen, einem Kind Kaffee anzubieten. Kaffee ist nichts für Kinder. Er kann gefährlich sein, unbekömmlich oder sonst was; er kann süchtig machen. Ich kichere kurz. Douglas betrachtet mich erstaunt.
»Zu Hause bei Petra und Mange wäre das undenkbar«, erkläre ich. »Dass ein Kind Kaffee trinkt.«

Auch Douglas lächelt. Sein Blick erwärmt mich innerlich. Ich will lange hierbleiben.

Er geht in die Küche, um den Kaffee zu kochen, und macht dann seine Lieblingsmusik an. Ich kenne mich mit Hiphop nicht so gut aus. Er erzählt mir, dass er neulich alten Hiphop entdeckt hat, den in Bokarp noch nie jemand gehört hat.

»Woher willst du das wissen?«, erkundige ich mich.

»Weil sich hier alle immer die gleiche Musik anhören müssen.«

»Ich höre auch alte Musik«, erwidere ich und lege Michael Jackson auf. Er hört zu, während der Kaffee in die Glaskanne tropft. Ich singe mit, damit es noch besser klingt, aber er runzelt die Stirn, um zu zeigen, dass es ihn stört.

Dann sitzen wir einander gegenüber. Der Tisch ist voller Krümel. Er gießt den Kaffee in Becher mit rauen Rändern. Auf dem einen steht »I love Hjo«. Ich nippe an dem Kaffee, der wie erwartet scheußlich schmeckt.

»Kaffee schmeckt mir nicht«, sage ich und schiebe die Tasse beiseite.

»Nimm doch Milch«, schlägt Douglas vor und kippt mir einen Schluck in die Tasse.

Ich probiere nochmals. Vielleicht schmeckt es ja ein *bisschen* besser.

»Am besten, man gewöhnt sich dran«, meint er selbstbewusst. »Schließlich muss man es später mal können.«

Ich muss lachen, weil er sich so erfahren gibt.

Douglas bietet Kekse mit Schokofüllung an. Im Nu ist die

halbe Schachtel leer. Der Himmel da draußen ist knallblau. Ich weiß nicht, was ich jetzt sagen soll. Ein Vogel kommt angeflogen und setzt sich auf das Fensterbrett. Er betrachtet uns neugierig durch die Scheibe.
»Schau mal!«, sage ich. »Der ist echt schön.«
»Eine Blaumeise«, erwidert Douglas, ohne zu zögern.
»Ich dachte, eine Kohlmeise.«
»Nein, die sind größer und haben einen schwarzen Kopf.«
Mir fällt das Vogelbuch ein. Ich kann es nicht fassen, dass er sich wirklich für Vögel interessiert. In der Schule scheint er kein Wort von dem zu hören, was Roya sagt, und wirkt vollkommen gleichgültig.
Douglas schenkt Kaffee nach und schüttelt die letzten Kekse aus der Schachtel. Er schaut mich an und weicht dann meinem Blick aus.
»Warum treffen sich Petra und dein Vater nicht mehr?«, frage ich.
Douglas kaut nachdenklich fertig. »Sie haben gestritten, glaube ich. Nach Caspers Tod.«
»Nach Caspers Tod?«
»Papa war ja dabei.«
»Ach ...?«
»Beim Kiosk, wo es passiert ist«, meint er ungeduldig. »Petra und Papa waren zusammen dort.«
Meine Gedanken überschlagen sich. Bisher habe ich kein Wort darüber gehört, dass außer Petra noch jemand anderes an diesem Tag bei Casper war.

»Ist Alvar deswegen böse auf dich?«
Seine Faust zermalmt einen Keks auf dem Tisch. Ich weiche zurück.
»Ich habe schon tausend Mal gesagt, dass es nicht seine Schuld war!« Wie ein Pfeil schnellt er vom Stuhl hoch, der hinter ihm umfällt. »Warum besteht diese Familie nur aus Vollidioten? Alle glauben, dass sie so perfekt sind, weil Petra so eine blöde Pfarrerin ist, das ist verdammt ... ungerecht!«
Ohne ein weiteres Wort verschwindet er aus dem Raum. Ich bleibe sitzen und esse die Kekse auf. Stimmt das, was Douglas behauptet? Dass die Perssons seinem Vater die Schuld an Caspers Tod geben?
Nach einer Weile stehe ich auch auf. Das Wohnzimmer ist leer. Ich entdecke ein gerahmtes Familienfoto an der Wand. Eine jüngere Ausgabe von Jens steht neben einer gleichaltrigen jungen Frau. Sie hält ein Baby im Arm. Dass Douglas nur noch einen Vater hat, ist ein trauriger Gedanke. Ich habe ja nie einen Vater gehabt, also gab's da auch nichts zu vermissen. Aber Douglas und seine Mutter haben sich ja gekannt. Niemand will schließlich im Stich gelassen werden. Kein Wunder, dass er manchmal so bissig ist.
Ich höre Musik und folge ihr zu Douglas' Zimmer. Sein Bett ist genauso unordentlich wie meines zu Hause bei Mama. Auch hier liegen überall Kleider herum. Douglas sitzt vor dem Computer und sieht sich ein Musikvideo an.
»Komm her und schau dir was Cooles an.«

Er macht mir auf seinem Stuhl Platz. Seine Wut wirkt wie weggeblasen. Ich lasse mich auf die freie Stuhlhälfte sinken. Sein Körper berührt meinen. Wir sehen uns einen Rap-Artisten an, den er mag. Dann zeige ich ihm ein paar Michael-Jackson-Clips. Er lässt sich vom Rhythmus mitreißen und schaukelt so sehr, dass ich fast vom Stuhl falle. Plötzlich springt er auf und beginnt zu tanzen. Anfänglich blödelt er nur herum, aber wenige Sekunden später hängt er sich richtig rein. Erstaunt sehe ich mit an, wie sich sein Körper gummiweich verbiegt. Seine Hände zeichnen Muster in die Luft. Seine Hüften bewegen sich auf eine Weise, die in Bokarp eigentlich verboten sein müsste. Wer hätte ihm so etwas zugetraut? Ich leiste ihm Gesellschaft beim Tanzen. Sobald sich unsere Blicke begegnen, werde ich kicherig. Unsere Köpfe bewegen sich im gleichen Takt vor und zurück, vor und zurück. Ich weiß, dass ich nicht genauso cool aussehe, aber das ist mir egal. Nach dem Ende des Songs lassen wir uns auf den Teppich sinken. Mir kommt eine geniale Idee.
»Du musst bei dem Fest auftreten. Du wirst die Leute total beeindrucken!«
Im Nu kommt er auf die Beine, geht schweigend nach vorne und schaltet die Musik ab. Er sieht mich an, als sei ich ihm vollkommen fremd.
»Was ist?«, frage ich.
Er zieht das Handy hervor und beginnt darauf herumzutippen. Dass da plötzlich was nicht stimmt, ist mir klar, vielleicht ist es ihm ja unangenehm, dass ich ihn augenschein-

lich mag. Hat er das Gefühl, dass ich etwas gesehen habe, was er gerne verheimlichen würde, eine andere, echtere Seite? Ich stelle mich hin. Gehe zur Tür. Er lacht über etwas in seinem Handy.

»Tschüss«, sage ich.

Keine Antwort. Ich eile aus der Wohnung und die Stufen hinunter, in Evins Haus hinein und die Treppe hinauf. Das Gefühl, betrogen worden zu sein, breitet sich in meinem Körper aus. Als Evins Tür geöffnet wird, sagt ihr Bruder, dass Evin schon längst zum Training gegangen ist.

12

Sie haben den Artikel über die Freundschaftswoche auf der ersten Seite platziert. Auf dem Bild sitze ich auf einer Bank auf dem Schulhof und halte zwei Finger wie ein V in die Luft. Offen gestanden sehe ich ganz schön cool aus. Gleichzeitig ist es mir peinlich, so aufzufallen. Auf der Straße schauen mich die Leute an und tuscheln. Das ist lustig, aber auch anstrengend. Lustig, weil alle so fröhlich aussehen, anstrengend, weil ich das Gefühl habe, noch perfekter sein zu müssen. Als ich in die Schule komme, rufen ein paar Schüler aus der Mittelstufe »Hallo, Billie!«. Ich habe noch nie mit ihnen gesprochen.
»Ich wäre gerne wie die anderen«, sage ich zu Alvar.
»Aber ... das geht doch gar nicht? Nicht, wenn man so ist wie du?«
Vielleicht hat er ja recht. Vielleicht sind ja zu viele Jahre meines Lebens verstrichen, als dass ich mich ändern könnte. Und in Bokarp haben sich alle bereits ihre Meinung gebildet.
Evin kam nur schlecht darüber hinweg, dass ich sie vergessen habe. Am Tag darauf hat sie mich gemieden und ist dann Arm in Arm mit Filippa zum Turnen gegangen. Ich habe

sie echt gut verstehen können. Es ist einfach nicht okay, zu jemand anderem nach Hause zu gehen, wenn man mit einer Freundin verabredet ist. Aber nachdem der Artikel erschienen ist, kann mir auch Evin nicht mehr böse sein. Sie, Nicki, Martha, Wilma und Larissa finden, dass ich fast ein Promi bin. Sie brüllen wie Fans, sobald sie mich sehen.

Nur einer einzigen Person scheint es vollkommen egal zu sein, dass ich in der Zeitung bin. Douglas benimmt sich, als hätten wir nie nahe beieinander auf demselben Stuhl gesessen, nie zu Michael Jackson getanzt und die Köpfe im Takt geschüttelt. Ich erinnere mich, wie es sich anfühlte, ein und dieselbe Welt mit ihm zu teilen, aber jetzt trennen uns ganze Sonnensysteme. In einer Fernsehserie wäre ich jetzt einfach auf ihn zugegangen und hätte ihn gefragt, was er bloß hat. »Look at me!«, hätte ich gesagt. »What are you afraid of?« Wovor hast du Angst, Douglas? Ich werde es vielleicht nie erfahren. Wichtig ist jetzt, einfach nicht mehr an ihn zu denken. Aber dann treffen sich unsere Blicke eine Sekunde lang im Klassenzimmer, und ich habe wieder dieses Gefühl im Magen, dass er genau weiß, wer ich bin. Verdammt!

In Gesellschaftskunde reden wir über sogenannte »gemeinnützige Vereine«. Dort arbeiten Menschen aus freien Stücken, um anderen zu helfen. Alle in der Klasse sind sich einig, dass sie für einen guten Zweck durchaus gratis arbeiten könnten. Plötzlich regt sich Douglas wahnsinnig auf.

»Hilfsbereite Menschen sind vielleicht auch nicht immer so perfekt, wie sie tun«, sagt er.

»Wie meinst du das?«, erkundigt sich Roya.
Douglas schnaubt. »Ich glaube nicht, dass Leute anderen etwas Gutes tun, ohne dass etwas für sie dabei herausspringt.«
Viele protestieren, aber Douglas beharrt darauf, dass die Menschen Egoisten sind, die immer zuerst an sich selbst denken. Dass er Petra meint, ist mir klar, aber der Schritt von Petra zu einer Schülerhelferin ist dann ja auch nicht mehr so groß ... Trotzdem muss ich ihn einfach bewundern, weil er nicht nachgibt, obwohl alle entgegengesetzter Meinung sind. Ich kenne sonst niemanden in Bokarp, dem es egal ist, was die anderen von einem erwarten.
Ich verzichte auf das Nachmittagstraining, um Zeit mit Alvar zu verbringen. Mange hat seinen Platten repariert, obwohl Alvar das selber hätte machen sollen. Mange hat einen ganzen Tag geschmollt und den nächsten auch, aber Alvar hat getan, als sei nichts, und sich ins Gartenhäuschen verzogen. Auf leeren Straßen radeln wir nebeneinander zum Marktplatz.
»Vielleicht bin ich ja gar nicht so nett«, sage ich.
»Doch, bist du«, erwidert Alvar.
»Ich meine, so richtig.«
Alvar lacht. »Ich kenne niemanden, der nicht beliebt sein will.«
»Aber vielleicht hat Douglas recht und ich bin nur *meinetwegen* nett. Weil ich irgendwie Aufmerksamkeit mag.«
»Du magst sie nicht«, antwortet Alvar.
»Nö ...« Ich denke ein wenig nach. »Aber wenn doch, und ich will es mir einfach nicht eingestehen?«

Alvar schüttelt nur den Kopf. Ich sehe ihm an, dass er findet, ich würde die Dinge unnötig komplizieren.
Im Laden am Markt kaufen wir Chips. Petra kommt ja erst in ein paar Stunden von der Arbeit nach Hause, und Mange ist bis zum Abend in der Turnhalle. Wenn wir die leere Chipstüte zusammenknüllen und ganz zuunterst in der Mülltonne vergraben, fällt niemandem auf, dass wir mitten in der Woche Chips gegessen haben.
Zu Hause lasse ich meine Jacke zum Spaß einfach in der Diele auf den Boden fallen. Alvar betrachtet sie nervös. Ich schlage ihm vor, seine Jacke jeden Tag auf den Boden fallen zu lassen, um schon mal ein bisschen Widerstand zu üben. Er kichert über diese Idee und geht in die Küche, um eine Schale zu holen. Gerade als wir an Teas Zimmer vorbeigehen, geht die Türe schnell auf. Ihr Gesicht ist ungeschminkt. Sie hält eine Zeitung in der Hand, *die* Zeitung.
»Was ist das denn?«, fragt sie vorwurfsvoll.
Alvar und ich schauen uns an.
»Die sind in die Schule gekommen und wollten mich interviewen«, antworte ich.
»Warum hast du nichts gesagt?«
»Hast du nicht mitgekriegt, dass sie fotografiert wurde?«, meint Alvar. »Alle haben darüber geredet.«
Tea schnaubt verächtlich.
»Aber es geht gar nicht um mich«, sage ich, »es geht um die Freundschaftswoche.«
Tea hält mir die Zeitung vors Gesicht.

»Es geht sehr wohl um dich! Da steht, dass du ein Pflegekind bist und welche Hobbys du hast! Da steht, dass du ...«, sie sucht im Text nach der entsprechenden Formulierung, »›eine Person bist, mit der man auf Anhieb etwas zusammen unternehmen will‹. Und da steht auch, dass du ›es liebst, anderen eine Freude zu bereiten‹.«
»Das stimmt ja auch«, meint Alvar.
»So habe ich das nicht gesagt«, erwidere ich. »Die Journalistin muss da etwas ...«
Tea dreht sich abrupt um. Knallt die Tür zu. Sie öffnet nicht auf mein Klopfen, aber es ist nicht abgeschlossen. Die Rollos sind heruntergelassen. Der Schreibtisch ist mit Schminkutensilien überladen. Tea liegt auf dem Bett und weint verzweifelt. Ich wage mich nicht bis zu ihr vor. »Tea?«
»Geh! Halt die Klappe!«
»Willst du mit uns was Lustiges auf dem Computer anschauen?«
»Nein, will ich nicht!«
»Möchtest du Chips haben?«
Tea hebt den Kopf. Ihre Augen schießen Giftpfeile in meine Richtung.
»Sei doch nicht immer so nett! Sei doch nicht immer so verdammt ... perfekt!«
»Ich bin doch gar nicht ...«, versuche ich einzuwenden.
»Ich hasse dich!«
»Schlag' mich ruhig, wenn du willst! Du darfst auch eine meiner Dreads abschneiden, oder mehrere!«

Sie vergräbt ihr Gesicht im Kissen und wimmert wie ein verletztes Tier. Verwirrt zupfe ich an einer Filzlocke. Es muss sie echt nerven, dass ich mich nicht zurückärgere. Aber ich will einfach nur, dass sie sich freut. Und zwar wirklich.
»Warum werde ich nicht gefragt, ob ich in die Zeitung will?«, schluchzt sie. »Ich gebe mir wahnsinnige Mühe, und trotzdem bin ich allen egal.«
Auf Zehenspitzen nähere ich mich ihrem Bett. Lege ihr eine Hand auf den Rücken.
»*Mir* bist du nicht egal«, wende ich ein.
»Von wegen«, erwidert sie höhnisch.
»Schließlich hältst du mich ja hier bei dir aus. Das ist nett.«
Sie hebt den Kopf und wendet mir ihr verweintes Gesicht zu. Ihre Nase läuft ein wenig.
»Warum sollte ich dich *nicht* aushalten?«
»Wenn sich jemand bei mir und meiner Mutter einnisten würde, wäre ich ganz schön sauer.«
»Bin ich auch«, erwidert sie.
»Hasst du mich?«
Schweigen.
Ich gehe zu Alvar hinaus. Wir legen uns mit der Chipstüte ins Bett und schauen uns die Serie an, die ich ihm zeigen wollte. Chipskrümel fallen auf die Tastatur. Alvar und ich beschließen, auf ein Tablet zu sparen. Ich habe zweitausend Kronen auf dem Konto, und er nach lauter Geburtstagen und Weihnachtsfeiern mindestens dreitausend. Während wir über alles Mögliche plaudern, frage ich mich die ganze

Zeit, wie es wohl Tea im Nebenzimmer geht, ich kann einfach nicht anders.

Nach dem Film sehe ich, dass sie ein neues Video mit Miss Pinky ins Netz gestellt hat. Der Kamera erzählt sie von lustigen Partys und was sie mit ihren Freundinnen so macht: sich gegenseitig schminken, Filme schauen und Popcorn essen. Ich bin nicht die Einzige, die kapiert, dass ihre Behauptung, Freundinnen zu haben, gelogen ist. Fatima und alle anderen begreifen sicher auch, wie einsam sie ist – und natürlich Alvar. Oder denken diese Geschwister wirklich überhaupt nicht aneinander? Ist das tatsächlich möglich?

Schlimmer noch ist, dass Petra und Mange übermäßig stolz auf mich sind. Zwei Tage hintereinander kriegen wir ein besonders leckeres Frühstück: frisch aufgebackene Croissants aus der Tiefkühltruhe. Und wer möchte, bekommt sogar Marmelade, obwohl es mitten in der Woche ist. Mange steht an der Arbeitsplatte, macht uns einen Kakao und erzählt dabei, dass er immer gewusst hat, dass ich eines Tages in die Zeitung käme. Petra findet, dass er zu viel Zucker in den Kakao rührt und dass alles seine Grenzen hat. Auch sie findet, dass der Artikel meinem Charakter »sehr gerecht wird«. Tea presst die Lippen zusammen und starrt auf ihren Teller. Ich sage, dass wir endlich aufhören müssen, über diesen Artikel zu reden. Petra ignoriert meinen Einwand und legt ihre kalte Hand auf meine. »Du bist so klug, Billie. Ich wünschte, ich wäre in deinem Alter genauso klug gewesen.«

Ich erwidere ihren Blick und kann dabei nur daran denken, dass sie ihrem Bruder die Schuld an Caspers Tod gibt. Ist sie, die ganz Bokarp bei Problemen beisteht, wirklich dazu fähig? Ist man dann wirklich ein guter Mensch? Oder gibt es etwa eine andere Version der Dinge?
Je länger alle über mich reden, desto mehr sinkt Tea in sich zusammen. Petra und Mange sind mir suspekt. Petra liegt uns immer damit in den Ohren, dass jeder sein eigenes Handtuch benutzen und danach ordentlich aufhängen soll. Sie bittet uns, den Tisch immer abzuwischen und die Müslipackung in den Schrank zurückzustellen. Sie findet, dass man rechtzeitig ins Bett gehen und Bücher lesen soll. So viele Dinge sind in ihrer Welt von Bedeutung. Aber den eigenen Kindern zu zeigen, dass man sich um sie kümmert, scheint nicht so wichtig zu sein. Ich sehe sie fast nie Tea umarmen, aber sie nörgelt oft an Teas Kleidern und anderen Dingen herum, die ihrer Tochter Spaß machen. Mit Mange ist es das Gleiche. In der Schule ist er ein Lehrer wie alle anderen auch. Streift er sich jedes Mal, wenn er eines seiner Kinder alleine auf dem Schulhof sieht, eine unsichtbare Augenbinde über?
Tea schiebt sich den Rest ihres Croissants in den Mund und geht. Außer mir sieht ihr niemand hinterher.
Am Nachmittag trifft ein Päckchen für Tea ein, das ich in meinem Zimmer verstecke, bis sie nach Hause kommt. Sie soll wissen, dass ich meine Versprechen halte. Aber Tea ist überhaupt nicht dankbar. Sie reißt mir das Päckchen aus der Hand und knallt die Tür hinter sich zu.

13

Die letzten Vorbereitungen für die Freundschaftswoche sind in vollem Gang. Obwohl das Ganze meine Idee war, ist es mir schon ziemlich verleidet. Jede Sache wird lang und breit diskutiert, es ist schwierig, sich zu einigen. Ich kriege die Panik, weil keine Entscheidungen getroffen werden, und möchte alle langweiligen Besprechungen schwänzen. Ich möchte den Leuten am Marktplatz zuschauen, Fahrrad fahren oder im Wald singen. Aber das geht nicht, wenn ich ständig Fragen beantworten muss: Sollen sie es so oder so machen, dieses oder jenes wählen, das eine oder das andere backen?

Douglas tut immer noch so, als sei ich Luft. Douglas, der Idiot, versuche ich zu denken. Selber schuld, wenn er die Nähe anderer scheut. Aber in der Pause schleiche ich mich aufs Klo, um nachzusehen, ob es vielleicht an *mir* liegt. Im Spiegel sehe ich jemanden, der nicht hübsch ist wie Nadine, auch nicht supersüß wie Evin, aber auch nicht so hässlich, dass man unbedingt wegschauen muss, wenn er einem über den Weg läuft. Meidet er mich etwa, weil ich zu viel rede oder weil ich im Interview etwas Peinliches gesagt habe? Wie auch immer liegt der Fehler bei *ihm*, und zwar verdammt noch mal hundertpro.

Ich behandle ihn, als wäre er Luft, und lache mehr als sonst über die Witze der anderen Jungs. Ich gehe mit Rasmus auf den Schulhof, um Fußball zu spielen. Rasmus lächelt und sagt, dass ich schicke Sneakers habe. Obwohl ich Douglas nicht sehe, spüre ich seinen Blick im Rücken. Rasmus ist der Torwart und ich versuche, Tore zu schießen, während alle anderen glotzen. Dass ein Mädchen und ein Junge etwas zu zweit unternehmen, ist fast nicht erlaubt. Rasmus fängt fast alle meine Bälle ab, aber einmal wirft er sich auf die falsche Seite. Ich rufe Evin zu, dass sie mitmachen soll. Erst zögert sie, dann kommt sie angerannt, um mir beizustehen. Evin fegt über den Platz, als hätte sie nie etwas anderes getan, führt hochelegante Ablenkungsmanöver durch, schießt zielsicher und macht High-Five mit mir. Dann schließen sich Larissa und Nicki und zu guter Letzt auch die Jungs an. Es macht so viel Spaß, dass ich ganz vergesse, mich nach Douglas umzusehen. Von jetzt an verbiete ich mir einfach, ihn zu mögen. Wie gut, dass man sich gewisse Dinge einfach vornehmen kann.
Nach der Schule gehe ich zum Training. Mange strahlt, als er mich erblickt, als gäbe es nichts Erfreulicheres. Langsam kriege ich das Tischtennisspiel in den Griff, mittlerweile beherrsche ich den Unterschnitt und den Oberschnitt. Mange hat mir sogar einen Trainingsanzug mit dem Klubabzeichen gekauft. Er ist schwarz mit türkisem Aufdruck, und auf dem Rücken steht Bokarps BK. Wenn man von meinen Dreads absieht, sehe ich aus wie jeder andere in Bokarp. Niemand

hier liegt mir mit dem Zeitungsartikel in den Ohren. Während des Trainings schaue ich zufällig zur Tribüne hinauf und entdecke jemanden in der obersten Bankreihe. Es ist nicht zu fassen! Warum schaut uns Douglas beim Training zu? Hat er denn nichts Besseres zu tun? Die Antwort ist natürlich vollkommen uninteressant. Und nach beendetem Training ist die Tribüne wieder leer.

Auf dem Heimweg bin ich endlich einmal mit Mange allein. Es weht ein ungemütlicher Wind. Er hält einen Monolog über einen Zombie-Film, den er sich abends einmal angesehen hat, nachdem Petra ins Bett gegangen war. Offenbar war er ziemlich blöd, aber gleichzeitig auch sehr gut. Ich warte nur auf eine günstige Gelegenheit, ihn zu unterbrechen.

»Warum reden Petra und Jens nicht miteinander?«

Mange zuckt zusammen. Er meint, dass ich mich auf meine Fußarbeit konzentrieren und etwas mehr in die Knie gehen müsste.

»Warum reden sie nicht miteinander?«, frage ich nochmals.

Er seufzt leise. »Vieles hat sich nach Caspers Tod verändert. Alle sind so komisch geworden.«

»Wie denn?«

»Also ... die Leute wissen nicht, wie sie sich Menschen gegenüber verhalten sollen, die ... jemanden verloren haben.«

»Jens auch nicht?«

»Nein, wir hatten irgendwie den Eindruck, dass er sich von uns zurückzog. Und weißt du ... Petra war ja immer für Jens

da, und da hätte man ja erwarten können, dass ...« Er unterbricht sich und findet wohl, dass er bereits zu viel gesagt hat. »Tja, so ist es manchmal in Familien, weißt du.«
»Nein, weiß ich nicht«, antworte ich.
»Aber so ist es nun einmal.«
»Warum sprechen sie nicht darüber?«
Mange lächelt ganz kurz. »All das geht nur Petra und Jens etwas an.«
Wir gehen am Gemeindehaus vorbei. Die Fenster sind erhellt. Sicher irgendein Kaffeekränzchen für die Rentner. Ich nehme meinen ganzen Mut zusammen, um die nächste Frage zu stellen.
»Findet ihr, dass Jens an Caspers Tod schuld ist?«
Mange bleibt unter einer Straßenlaterne stehen, die sein Gesicht in Helligkeit taucht. Entsetzt sieht er mich an.
»Wie kommst du denn auf die Idee?«
»Ich frage bloß.«
Dann reden wir nicht mehr darüber. Und ich bin kein bisschen klüger.

14

Die Freundschaftswoche ist der volle Erfolg. In den Kreativ-Werkstätten wird wie wild gestaltet, zum Thema Freundschaft werden Aufgaben verteilt und Märchen und Gedichte geschrieben. Eine Aufgabe besteht beispielsweise darin, einen ganzen Tag lang nett zu sein und anderen Komplimente zu machen. Die jüngeren Kinder erhalten einen Paten aus einer höheren Klasse, mit dem sie auf Schnitzeljagd gehen. Auf dem Schulhof nehmen Erwachsene und Kinder an gemeinsamen Aktivitäten teil. Die Bokarp-Schule wirkt wie der netteste Ort dieser Erde.

Trotzdem kommt mir das alles gekünstelt vor. Lässt sich denn dadurch wirklich etwas verändern? Wenn Tea ihre Freunde nicht zurückbekommt, wirkt alles ziemlich sinnlos. Immerhin sehe ich Nadine mit ihrem Patenkind an der Hand eifrig auf die Schaukeln zugehen, und das gibt mir ein wenig Hoffnung.

Zufällig stoße ich im Werkraum auf Teas alte Freundin Fatima. Wir sollen einen großen Baum aus Händen basteln und in jede Hand hineinschreiben, was gute Freunde ausmacht. Fatima zeichnet ihre Hand ab und beginnt sie dann auszuschneiden. Ich setze mich neben sie und mache es ihr nach. Fatima malt ihre Hand hellgrün aus. Dann hilft sie mir, meine auszuschneiden, weil ich so Fitzelzeug einfach nicht kann.

»In der Kita hatte ich immer Mühe mit den Steckplatten«, sage ich. »Die Bügelperlen sind mir immer runtergefallen.«

Fatima erzählt, dass sie Bügelperlen immer geliebt hat. Einmal hat sie das größte Bügelperlenbild in ganz Bokarp gemacht. Mit hübschen, schnörkeligen Buchstaben schreibt sie in die Hand, was eine gute Freundin auszeichnet: Sie lässt alle mitmachen, schaut den Menschen in die Augen und hört aufmerksam zu. Zuletzt kann ich einfach nicht mehr schweigen.

»Warum bist du denn nie mehr mit Tea zusammen?«

Fatima steht auf, um ihre Hand neben die anderen Hände zu kleben. Ich folge ihr. Unsere Hände landen nebeneinander, am selben Zweig.

»Ich frag' ja nur«, sage ich mit meiner weichsten Stimme.

Fatima dreht sich zu mir um. Beißt sich auf die Unterlippe.

»Alle sind genervt von ihr.«

»Weil ...?«

»Sie sagen, dass Miss Pinky voll blöd ist. Dass sie nicht kapiert, wie peinlich sie ist.«

»Findest du das auch?«

Fatima klebt weiter. Die Hand muss ein wenig angehoben werden, um den Alleskleber darunterzuspritzen.

»Sie hält sich ja für so wahnsinnig cool«, meint sie, ohne den Blick vom Baum abzuwenden.

»Und wenn nicht?«
»Du kennst sie nur nicht«, erwidert Fatima und wischt ein paar farbenfrohe Schnipsel in den Papierkorb. »Sie ist auch nicht unbedingt die tollste Freundin.«
Da erblickt Fatima einige Mitschüler, die am Werkraum vorbeigehen, und läuft zu ihnen hinaus. Ich bleibe zurück, lese ihre klugen Sätze und habe in diesem Moment das Gefühl, dass die Freundschaftswoche vollkommen misslungen ist.

Den Rest des Tages bringe ich damit zu, nach Tea zu suchen. Erst in der Nachmittagspause laufe ich Mange über den Weg und erfahre, dass sie nach Hause gegangen ist.
»Sie hatte Bauchweh«, sagt er. »Aber ...«, er hebt den Daumen, »die Freundschaftswoche ist doch der volle Erfolg, nicht wahr?«
Dann eilt er weiter, um ein Spiel auf dem Schulhof in die Wege zu leiten. Ich bleibe mit einem Kloß im Hals stehen. Was habe ich mir nur eingebildet? Dass alle gleich Freunde sein würden, bloß weil ich mir was Cleveres einfallen lasse? Beim Gedanken daran, wie ich vor der Kamera posiert habe, als wäre ich so supertoll, schäme ich mich richtig. Alle haben mir das Gefühl gegeben, so besonders und fantastisch zu sein, aber auch ich kriege es nicht hin, dass es den Leuten gutgeht.
Ich überhole Douglas auf dem Korridor, ohne ihn eines Blickes zu würdigen. Eile auf dem Schulhof an allen vor-

bei und schwinge mich aufs Rad. Lasse es vor dem Haus einfach fallen, obwohl man es unter das Vordach auf der Schmalseite stellen muss. Reiße die Haustür auf und trample mit den Schuhen auf den sauberen Dielenteppich. Nehme immer zwei Stufen auf einmal die Treppe hinauf. Niemand da. Ich rufe ihr Handy an. Mailbox. Da sehe ich durch das Fenster jemanden im Garten. Tea liegt auf allen vieren neben dem Bäumchen, das Petra zu Caspers Gedenken gepflanzt hat. Ich rase die Treppe hinunter, bin wenige Sekunden später im Garten. Tea gräbt hektisch in der Erde.

»Was machst du?«, frage ich sie.

Sie blickt auf. »Säen.«

»Soll ich dir helfen?«

»Hast du denn eine Schaufel?«

»Ich kann mit den Händen graben.«

Es scheint ihr egal zu sein. Ich lasse mich neben ihr auf die Knie sinken. Erde schiebt sich unter meine Fingernägel. Es ist angenehm, sich dreckig zu machen, wenn man so viel duscht wie die Perssons.

»Was säst du eigentlich?«, erkundige ich mich.

»Ich habe im Internet Samen bestellt.« Sie schielt zu mir rüber. »In dem Päckchen war keine Schminke.«

»Warum hast du das dann behauptet?«

Sie streicht sich mit ihren erdigen Fingern eine Strähne von der Wange. »Alle wollen doch gesponsert werden.«

»Hast du überhaupt eine Bankkarte, mit der du bezahlen kannst?«

Tea verdreht die Augen. »Bist du aber schwer von Begriff!«
»Wieso?«
»Ich habe ihre Kartennummer aufgeschrieben!«
Ich bin beinahe schockiert. Die mustergültigen Perssons mit ihren perfekten Kindern! Das dachte ich zumindest.
»Petra hätte die Samen sicher bezahlt, wenn du sie darum gebeten hättest«, sage ich.
»Was soll ich nehmen, Mohn oder Brokkoli?«
Als wären das die typischen Gewächse, zwischen denen man sich entscheidet. Ich versuche, einen Lachanfall zu unterdrücken.
»Brokkoli«, antworte ich voller Ernst. »Für Casper muss es natürlich Brokkoli sein.«
Sie öffnet das Tütchen mit den Brokkolisamen. »Wollen wir die ganze Tüte nehmen?«
»Aber sicher!«
Ich werde sie jedenfalls nicht darüber aufklären, dass jetzt bestimmt die falsche Jahreszeit zum Pflanzen ist.

Am Abend kommt Tea in mein Zimmer und kriecht zu mir ins Bett. Sie stinkt nach Parfüm, und ihr Haar knistert vor Haarspray. Trotzdem ist es behaglich, sie bei mir zu haben.
Da öffnet jemand vorsichtig die Tür. Alvar möchte hereinkommen. Ich schüttle den Kopf. Behutsam macht er wieder zu. Ich denke an die Einsamkeit im Haus der Familie Persson mit den penibel gefalteten Handtüchern.

15

Am Mittwoch dürfen alle ihre Eltern und Geschwister in die Schule mitnehmen. Wir haben in der Schulküche Zimtschnecken gebacken und die Kantine gemütlich dekoriert. Roya, die mit ihrer Gitarre erscheint, hat Heftchen mit Liedertexten kopiert, die sich die Schüler in dieser Woche ausgedacht haben. Mir sind die Freundschaftstexte langsam verleidet, und ich schlage vor, dass wir stattdessen ganz gewöhnliche Popmusik auflegen, aber Roya kann das gar nicht verstehen.
Die Kantine ist mit den künstlerischen Kreationen der vergangenen Woche geschmückt: Collagen, Freundschaftsbäume und Freundschaftsmobiles an der Decke. Voll abgedreht. Ich und Evin sind in Kicherlaune. Wir witzeln darüber, dass wir jetzt mit *allen* »best friends forever« sind, und dass es uns wahnsinnig stresst, so viele dicke Freunde zu haben. Mir wird klar, dass Evin den Alltag herbeisehnt.
Nach und nach treffen die Eltern ein. Tea geht im Saal herum und verteilt die Bastelarbeiten der letzten Woche auf den Tischen. Ihre selbst gestylten Korkenzieherlocken fallen schwer auf ihre Schultern. Ihr Gesicht ist voller klebriger Schminke. Dass sie zu mir ins Bett gekrochen ist, scheint

sehr lange her zu sein, obwohl es erst gestern war. Ich freue mich aber, dass Alvar und Max wieder zueinandergefunden haben. Offenbar waren sie früher unzertrennlich, aber dann kam die Sache mit Casper. Max lernt Japanisch in der Stadt und spielt ein asiatisches Brettspiel, von dem noch nie jemand gehört hat. Seine Eltern betreten den Saal. Sie wirken fehl am Platz, obwohl ich weiß, dass Max sein ganzes Leben lang in Bokarp gewohnt hat. Ich gebe ihnen die Hand und erzähle, dass ich Billie heiße und das Pflegekind von Petra und Mange, dem Turnlehrer dort drüben, bin. Mange winkt fröhlich von der anderen Seite des Raumes herüber.

Es macht Spaß, die Eltern der anderen zu beobachten und sich zu überlegen, zu welchem Kind sie gehören. Ziemlich oft rate ich richtig. Ich frage mich, was wohl die Leute die wenigen Male, die wir zusammen unterwegs waren, über mich und Mama gedacht haben. Einige haben geradeheraus gefragt, ob wir wirklich verwandt seien, bloß weil Mama weiß ist und ich hellbraun. »Wenn ein sehr dunkelhäutiger Mensch ein Kind mit einem weißen Menschen bekommt, dann ergibt das diese Farbe«, habe ich erklärt. »Wusstest du das nicht?«

Dann erscheint Petra in ihrem schicken Mantel. Ihr Blick schweift neugierig umher, bis sie mich entdeckt. Mit einem Lächeln kommt sie auf mich zu und drückt ihre Bewunderung aus. Tea sieht Petra und freut sich. Sie eilt auf sie zu, aber irgendjemand aus der Elternschaft kommt ihr zuvor.

Er möchte ernste Dinge mit Petra besprechen, also muss Tea daneben stehen und warten, bis sie fertig sind. Die Enttäuschung ist ihr anzusehen. Vielleicht wollte sie ja Petra zeigen, welche schönen Dinge sie für die Ausstellung vorbereitet hat. Ich versuche, sie auf andere Gedanken zu bringen, und mache Witze über meine hässlichen Kunstwerke. Douglas steht neben Salim am Kaffeetisch und schiebt sich Zimtschnecken rein, aber er interessiert mich nicht im Geringsten. Die ganze Woche über habe ich ihn links liegen lassen. Die ganze Woche über habe ich weder nach ihm Ausschau gehalten noch an ihn gedacht. Aber natürlich habe ich ziemlich viel darüber nachgedacht, dass ich nicht an ihn gedacht habe. Ob das wohl ein schlechtes Zeichen ist? Douglas nimmt seine dritte Zimtschnecke. Am liebsten würde ich quer durch die Kantine rufen, dass die Zimtschnecken für alle reichen müssen. »Verdammter Egoist!«, will ich rufen.

Mange und Petra entscheiden, dass die ganze Familie beim Kaffee zusammensitzen soll. Mange legt Petra einen Arm um die Schultern. Zu Hause tut er das nicht oft, es kommt mir also ein bisschen wie Theater vor. Ist es wirklich so wichtig, was die anderen Leute über die Familie denken? Ist es für die Bokarper Pfarrerin wichtiger als für andere Leute?

Petra und Mange loben unsere leckeren Zimtschnecken und alle schönen Dinge, die wir in dieser Woche zustande gebracht haben. Und wieder einmal bekomme ich zu hören, wie toll doch meine Initiative zur Freundschaftswoche war. Ich wage es kaum, Tea anzuschauen. Niemand lobt sie. Tea sinkt immer mehr in sich zusammen. Zu guter Letzt sage ich, wie's ist. Dass es einfacher ist, Spiele über die Freundschaft zu erfinden, als diese umzusetzen. Ich sage laut, dass ich nicht glaube, dass Freundschaftswochen viel bringen, und dass ich nicht so nett bin, wie alle denken. Kein Mensch ist einfach nur gut, erkläre ich. Petra tastet mit betrübter Miene nach ihrer Kette.

»Natürlich nicht, aber warum bist du so pessimistisch? Das ist doch sonst nicht deine Art.«

»Ich bin mir jedenfalls *ganz sicher,* dass die Stimmung an der Schule jetzt besser wird«, verkündet Mange voller Überzeugung.

»Wie kannst du dir da so sicher sein?«, erkundige ich mich.

»Ja, wie kannst du dir da so sicher sein?«, hakt Tea schmollend nach.

»Ja?«, will auch Alvar wissen.

Mange sieht verunsichert aus. Dann nimmt er sein Handy hervor, um eine Nachricht zu lesen.

»Jedenfalls herrscht jetzt eine sehr gute Stimmung«, meint Petra. »Ich bin überzeugt, dass sich alle willkommen fühlen.«

Ich schaue zu Max' Eltern hinüber, die ganz hinten im Saal allein an einem Tisch sitzen. Niemand hat sich zu ihnen setzen wollen, nicht einmal Max selbst. Petra scheint sie auch nicht zu bemerken. Sie sitzt ganz still da und schaut

in eine andere Richtung. Ich folge ihrem Blick und entdecke Jens, der sich gerade einen Kaffee eingießt. Neben ihm steht Douglas.
»Jens!«, rufe ich und fuchtle mit dem Arm über meinem Kopf. »Hier!«
Petra wirft mir einen panischen Blick zu. Jens betrachtet uns fragend. Er lächelt ein wenig, dann nähert er sich mit zögernden Schritten, Douglas im Schlepptau.
»Hier ist noch Platz«, sage ich und lege meine Hand neben mich auf den Tisch.
Alvar und Tea starren mich an, als hätte ich etwas Unverzeihliches getan.
»Danke«, antwortet Jens.
Petra lächelt ohne die geringste Fröhlichkeit. Mange setzt ein hektisch-breites Grinsen auf.
»Ihr habt gute Zimtschnecken gebacken«, lobt er Douglas. »Richtig lecker.«
Jens stellt seine Tasse mit zittriger Hand auf den Tisch und verschüttet dabei ein wenig Kaffee. Ich lege eine hellblaue Papierserviette auf die Pfütze. Jens lächelt mir aus einem Mundwinkel zu. Ich schaue Douglas *nicht* an.
Alle kauen auf ihren Zimtschnecken und trinken Kaffee.
»Was hast du diese Woche Schönes gemacht?«, erkundigt sich Jens bei Tea.
»Nichts. Ich war die meiste Zeit krank.«
»Krank«, sagt Jens und macht Anführungsstriche in die Luft.

Petras Hals wird ganz rot. »Was soll das heißen?«
»Nichts«, erwidert Jens unschuldig.
»Tea weiß doch wohl, ob sie krank war oder nicht?«, Petras Stimme ist zwar weich, aber ich höre heraus, dass sie sich ärgert.
»Entschuldige«, sagt Jens.
»Du musst dich nicht entschuldigen.«
Mange erhebt sich. »Will noch jemand Kaffee?«
Niemand will. Mange geht. Tea eilt ihm mit ihrem Saftglas hinterher. Alvar verdrückt sich zu Max. Dann sind wir nur noch zu viert. Ich habe nicht den leisesten Schimmer, was ich jetzt sagen soll.
»Billie hatte die Idee mit der Freundschaftswoche«, erklärt Petra.
»So was«, erwidert Jens.
»Ja, sie ist ein Mensch, der aufrichtig Anteil nimmt.«
»Aufrichtig?« Jens sieht Petra gerade in die Augen. »Was willst du damit sagen?«
»Nichts.«
»Aufrichtige Anteilnahme ist doch immer besser als unaufrichtige.« Jens lächelt unsicher.
»Nein«, sagt Petra, »es ist besser, so zu tun als ob, statt gar nichts zu tun.«
Ich schaue von der einen zum anderen. Worüber reden sie *eigentlich*?
»Sag's doch einfach!«, meint Jens plötzlich.
»Was?«

»Dass es deiner Meinung nach mein Fehler war!«
Mit verkniffener Miene fingert Petra an ihrem Kreuz. Ihr Hals ist knallrot.
Jens schüttelt sich mit einer ruckartigen Kopfbewegung die Stirnfransen aus dem Gesicht. »Du findest, dass ich nicht auf ihn aufgepasst habe, stimmt's? Du schiebst mir alles in die Schuhe! Das ist mir schon lange klar. Dass du findest, dass sein Tod meine Schuld ist!«
Die Geräusche in der Kantine sind leiser geworden. Die Leute an den Nachbartischen schielen nervös zu uns herüber. Jens und Petra scheinen vollkommen vergessen zu haben, wo sie sind. Douglas sitzt reglos und mit geschlossenen Augen da.
Petra beugt sich zu Jens vor. »Immer geht es nur um dich, sogar in dieser Sache. Aber wo warst du nach ...?« Die Röte des Halses breitet sich auf ihrem Gesicht aus. »Wo warst *du*, als *ich* Hilfe gebraucht habe? Nach all diesen Jahren, in denen ich für dich ...?«
»Du wolltest mich nicht dahaben«, erwidert Jens.
Roya betritt mit ihrer Gitarre die kleine Bühne. Das Drama an unserem Tisch ist ihr vollkommen entgangen. In ihrer Welt ist jetzt der Zeitpunkt für Freundschaftslieder gekommen. Sie bittet uns, die Liederhefte hervorzunehmen, und stimmt die wohlbekannten Melodien an, zu denen sich die Schüler Texte über die Freundschaft ausgedacht haben.
Petra erhebt sich und verlässt den Raum. Viele Augenpaare folgen ihrem Weg durch den Saal zur Tür. Jens sitzt leise zit-

ternd da. Douglas ist leichenblass. Wenn ich ihn nur etwas mehr gemocht hätte, dann hätte ich seine Hand genommen und wäre mit ihm hinausgerannt. Wir hätten in den Wald laufen, auf einen Baum klettern und uns dort verstecken können. Das Lied über die Verbundenheit schallt durch den Saal: »Wie schön ist doch ein nettes Wort ...«

16

Wir tun so, als wäre in der Kantine nichts Ungewöhnliches vorgefallen. Wir sprechen nicht darüber, dass Petra mit unbeherrschter Stimme vor vielen Leuten aufgebrachte Dinge gesagt hat. Alles ist wie immer. Petra liegt Tea damit in den Ohren, dass sie ihre Schuhe nicht in den Schuhschrank gestellt hat. Alvar klagt über Halsweh, weil er nicht zum Training will – das durchschaut doch jeder.

»Du kannst nicht wegen ein bisschen Halskratzen das Training schwänzen«, meint Mange, holt eine Taschenlampe und leuchtet Alvar in den Hals.

»Nicht das Geringste zu sehen. Du willst einfach nicht hin, stimmt's?«

»Ich habe Halsweh.«

Alvar sollte einfach Klartext reden: dass er Tischtennis hasst und aufhören will. Aber er glaubt offenbar, dass er Mange damit verletzen würde. Tea hat ja auch aufgehört. Vielleicht denkt er deswegen, dass *er* Mange zuliebe weitermachen muss.

»Du musst dich bewegen. Alle Jungs in deinem Alter treiben Sport. Die meisten jedenfalls. Man muss deswegen noch lange kein Champion sein.«

Alvar zieht ab. Als sich Mange umdreht, bin nur noch ich da. Ich winke ihm zu.
»Hier bin ich!«
»Da bist du«, sagt er mit düsterer Miene. »Was soll ich nur tun, damit alles wieder gut wird?«
Eigentlich redet er mehr mit sich selbst als mit mir, das ist mir klar. Trotzdem kann ich mir einen Tipp nicht verkneifen:
»Dich zusammenreißen.«
»Wie?«
Ich zucke mit den Schultern, andere Dinge haben Vorrang. Meine Gedanken werden vollauf von Jens und Petra in Anspruch genommen. Jens scheint tatsächlich zu glauben, dass ihm Petra die Schuld an Caspers Tod gibt, obwohl sie einfach nur traurig ist, weil er nicht für sie da war.
Wahrscheinlich ist zu viel Zeit vergangen, um daran etwas zu ändern. Sonst wären sie nach ihrer Aussprache wieder Freunde geworden. Vielleicht geht es ja eigentlich um ganz andere Dinge. Vielleicht hatten sie ja als Kinder ganz bestimmte Rollen, die sich nur schwer abschütteln lassen. Meine Freundinnen beklagen sich manchmal, dass ihre Geschwister es zu Hause viel leichter haben als sie selbst. Einer ist gewissermaßen der »good guy«, der andere der »bad guy«.

Am Abend wird der sogenannte »Familienrat« in dem braunen Haus einberufen. Bei dieser Gelegenheit sollen wir Fragen, die uns beschäftigen, »zur Diskussion stellen«. Ich weiß genau, worüber ich sprechen will. Aber nicht einmal ich kann einfach drauflosreden, wenn es um Dinge geht, die mich eigentlich nichts angehen. Zum Glück gibt es noch tausend andere Dinge zu besprechen. Ich würde gern selber bestimmen, wann ich essen soll, und ich hasse es, direkt nach dem Tischtennis nach Hause zu gehen (bloß nicht noch ein bisschen dableiben und chillen!). Aber vor allem treiben mich unsere Schlafenszeiten zum Wahnsinn. Es ist rasend anstrengend, abends das Licht auszumachen und dann den Computer unter der Decke aufzuklappen. Außerdem ist es da schrecklich heiß.

Wir essen einen Kuchen, den Mange mit den Blaubeeren gebacken hat, die sie im August gepflückt haben. Vor meiner Ankunft gab es Blaubeeren im Wald. Alvar und Tea haben für jeden gepflückten Liter Geld bekommen. Mange schwelgt in Blaubeererinnerungen. »Ein tolles Blaubeerjahr!«, meint er abschließend.

»*Blaubeerjahre*«, sage ich. »Werden die wie Geburtstage gefeiert? Was gibt's denn da für Geschenke? Hoffentlich keine Blaubeeren?«

Mange kichert wie verrückt über meinen ziemlich lahmen Witz.

Ich denke ein bisschen an unser Gefrierfach in Stockholm, in dem höchstens mal eine Packung Eis am Stiel lag. Die Perssons besitzen zwei Gefriertruhen: eine in der Küche und eine im Keller. Beide sind randvoll. In ihrem Kühlschrank gibt es hausgemachte dünnflüssige Marmelade und selbst gekochten Johannisbeersirup. Alvar hat mir einmal erzählt, dass sie noch nie Sirup aus dem Laden hatten.

Petra und Mange erklären uns detailliert, was Demokratie ist: Alle dürfen mitbestimmen. Aber man muss sich auch zusammenraufen. Manchmal muss man nachgeben, weil jemand anderes eine bessere Idee hat, und manchmal, weil man weniger Stimmen erhält. Tea hat glitzernden Lidschatten aufgetragen und trägt einen Pulli, der wie ein rosa Pelz aussieht. Sie scheint sich weit weg zu wünschen, vielleicht in ein Pariser Fotostudio. Alvar isst pflichtschuldig und schweigend seinen Kuchen. Bestimmt hat er sich vorgenommen, die Besprechung durchzustehen und sich dann schnellstmöglich ins Gartenhäuschen zu verdrücken, um an seinen Tonfiguren zu basteln.

Mange schreibt das heutige Datum zuoberst auf ein Blatt Papier, »das Protokoll«. Er will darüber sprechen, dass Alvars Sportkleidung am Waschtag nicht im Waschkorb lag, was darauf schließen lässt, dass sich Alvar fünf Tage lang nicht körperlich betätigt hat. Was Alvar dazu zu sagen hat, spielt keine Rolle. Und auch nicht, dass er aussieht, als wolle er sich gleich auf den Blaubeerkuchen erbrechen.

»Übrigens«, Mange schaut mich an, »Billie ist bei jedem Tischtennistraining dabei!«

»Meine Güte, so ein Genörgel«, wende ich ein. »Ich habe zwölf Jahre lang überhaupt nichts gemacht.«

»Diese Tischtennis-Sache betrifft aber nicht die ganze Familie«, meint Petra.

Mange, der ganz offensichtlich auf Konsequenzen für Alvar gehofft hatte, muss nachgeben.
Petra lächelt mich an. »Wie findest *du* denn, dass die Dinge hier so laufen, Billie?«
Am liebsten würde ich sagen, dass es mit der Familie den Bach runtergeht. Dass die Gespräche über Casper kein bisschen geholfen haben und dass sich das Sozialamt um die Perssons kümmern müsste, sie vielleicht an einem anderen Ort, in einer anderen Familie unterbringen sollte, weil sie positive Vorbilder brauchen könnten.
»Gut«, antworte ich stattdessen. »Alles läuft bestens. Mit einer Ausnahme.«
»Und die wäre?«
»Ich finde, Alvar und ich sollten statt bis neun bis um zehn aufbleiben dürfen. Für Tea wäre das dann halb zehn, weil sie ja jetzt um halb neun ins Bett muss.«
Tea schreckt aus ihrem Halbschlaf auf. Petra legt die Stirn in Falten.
»Dass würde bedeuten, dass ihr nur ...«, sie rechnet nach, »... nur neun Stunden pro Nacht schlafen würdet. Das ist zu wenig.«
Ich nehme das Handy hervor und starte eine Google-Suche. »›Sechs- bis Zwölfjährige benötigen neun bis elf Stunden Schlaf pro Nacht‹, steht da. Und weil wir fast zwölf sind, wären das also neun Stunden für uns.«
Ich reiche Petra das Handy. Sie liest, was da steht, und gibt es dann an Mange weiter.

»Aber das Schlafbedürfnis variiert doch von Person zu Person?«, wendet Petra ein.
»Für alle müssen die gleichen Regeln gelten«, erwidere ich.
»Ja, sonst ist es ungerecht«, stimmt mir Alvar laut und deutlich zu. »Ich bin jetzt zwei Jahre lang um neun ins Bett gegangen.«
Petra und Mange sehen ihn erstaunt an.
»Okay«, antwortet Petra. »Dann sagen wir halb zehn.«
»Halb zehn hätte uns vor einem halben Jahr zugestanden«, wende ich ein.
»Genau«, sagt Alvar.
»So geht das aber nicht«, meint Petra und schaut Mange an.
Er krakelt seltsame Figuren auf sein Notizpapier. Petras Hals rötet sich immer mehr. Ich sehne mich ganz wahnsinnig nach meiner neuen Fernsehserie, die von einer noch gestörteren Familie als dieser hier handelt. »Demokratisches« Verhalten und sich die Argumente aller Beteiligten anzuhören scheint hier nicht umsetzbar zu sein.
»Was soll der Familienrat, wenn dann doch alles beim Alten bleibt?«, erkundigt sich Tea. Ihr hoher Pferdeschwanz pendelt zornig hin und her, als sie das Zimmer verlässt.
»Wir sind noch nicht fertig!«
Petra erhebt sich und folgt ihr. Dann redet sie leise auf sie ein. Tea reißt sich nicht los. So etwas macht man in der Familie Persson nicht. Einige Sekunden später sitzen beide wieder am Tisch.

»Eigentlich haben Kinder bei Schlafenszeiten nicht mitzureden«, meint Petra und legt ein Bein über das andere.
»Nein, wirklich nicht«, stimmt ihr Mange zu.
»Aber du hast doch vorhin selber gesagt«, wendet Alvar ein, »dass man manchmal nachgeben muss, weil jemand anderes eine bessere Idee hat.«
Mange lächelt verunsichert.
Petra fingert an ihrem Kreuz.
»Aber es *hat* sich ja gelohnt«, antwortet Petra. »Ich habe halb zehn gesagt.«
Alvar schiebt das Kinn vor. »Zehn.«
Mit so viel Unterstützung von Alvar hatte ich wirklich nicht gerechnet. Die anderen auch nicht. Mange und Petra scheint sein Widerstand sehr zu verwirren.
»Zehn«, wiederholt er.
»Genau«, sagt Tea hitzig. »Gewisse Dinge müssen sich hier einfach ändern. Nicht wahr, Billie?«
Ich nicke. Petra und Mange tauschen Blicke aus. Geben sie etwa nach?
»In Ordnung«, murmelt Mange.
Ich juble, als hätte meine Lieblingsmannschaft soeben ein Tor geschossen. Alvar sieht aus, als hätte er den lebenslangen Kampf gegen eine tödliche Krankheit gewonnen. Tea zeigt mit entschiedener Geste auf Manges Notizblatt.
»Schreib das auf! Schreib!«
Während der weiteren Besprechung hört Alvar aufmerksam zu. Ab und zu trägt er eine Kleinigkeit bei, aber er hat keine

Kraft mehr, nochmals einen Kampf auszufechten. In dieser Familie lässt sich nichts übereilen.
Anschließend verziehen Alvar und ich uns ins Gartenhäuschen. Er nimmt seinen Platz am Schreibtisch ein und arbeitet an seiner Tonarmee weiter. Ich sitze mit einem eigenen Tonklumpen in der Hand neben ihm. Wir lachen über meine Figuren, die wie gestaltlose Gespenster aussehen. Draußen umgibt uns kompakte Dunkelheit. Alvar kann keinen Nagel gerade einschlagen, aber er kann blitzschnell einen Tonklumpen in einen hundertjährigen Alten aus prähistorischer Zeit verwandeln. Ich betrachte seine Hände und überlege mir, wo er alle seine Kreationen hernimmt. Heute formt er einen ganz gewöhnlichen Vogel mit einem süßen kleinen Schnabel.
»Ist er nicht wütend?«, frage ich.
»Jetzt nicht«, erwidert Alvar.
Wer weiß, vielleicht erwacht Alvar ja so allmählich aus seinem tiefen Schlummer. Er stellt den Vogel ins Regal und beginnt eine neue Figur.
»Wie war das eigentlich an dem Tag?«, frage ich.
Seine Hände halten inne und machen in der nächsten Sekunde weiter.
»An welchem Tag?«
»Als Casper starb. Glaubst du wirklich, dass es Jens' Schuld war?«
»Er hätte auf Casper aufpassen sollen. Hat er aber nicht«, erwidert Alvar mit dumpfer Stimme.

»Aber Petra scheint gar nicht zu denken, dass es seine Schuld war.«
Alvar wirft mir einen wütenden Blick zu. »Petra hätte Casper nie aus den Augen gelassen ... Und Jens ist einfach ... genau wie Douglas ... ein verdammter Idiot!«
In meinem früheren Leben konnte man jederzeit sagen, was einem gerade so durch den Kopf ging. Hier hingegen muss man die notwendigen Fragen auf die Goldwaage legen und eine Auswahl treffen. Ich betrachte Alvars Hände. Im Laufe weniger Sekunden ist eine neue Figur entstanden, ein zorniger Troll mit Teufelshörnern.

17

Das Dekorationsteam hat Discokugeln und Spotlights aufgehängt. Auf den Tischen in der Kantine stehen Softdrinks und Schalen mit Popcorn, Chips und Süßigkeiten. Ein Junge aus der Neunten steht als DJ an der Musikanlage in der Ecke. Gegen acht betritt dann die Bokarper Band »Extras« die Bühne. Alles deutet darauf hin, dass es ein gutes Abschlussfest der Freundschaftswoche wird. Mich stört eigentlich nur, dass es mich interessiert, wo im Saal sich Douglas aufhält. Er ist natürlich etwas später als alle anderen eingetroffen. Was ich geflissentlich übersehen habe. Aber ich weiß, wo er ist. Die ganze Zeit weiß ich, wo er ist. Es ist wirklich unangenehm, dass mir mein Gehirn so überhaupt nicht gehorcht.

Die Musik legt los und Evin will mir verschiedene Tanzschritte zeigen, die sie auf YouTube gesehen hat. Wir anderen versuchen, sie nachzuahmen, aber Evin hat die Bewegungen als Einzige im Griff. In einiger Entfernung tanzt Mange mit Roya und wirkt dabei ganz anders als sonst. Sein Körper bewegt sich leichter. Roya lacht, als er auf cool macht. Sie legen die Arme umeinander und tanzen auf altmodische Art. Wenn Petra das doch nur sehen könnte! Dass

er manchmal echt lustig sein kann. Dann wäre sie vielleicht nicht immer so säuerlich.
Alvar steht chipsessend neben Max. Ich gehe auf ihn zu und verbeuge mich. »Darf ich bitten?« Er lächelt und lässt es zu, dass ich ihn auf die Tanzfläche ziehe. Sie spielen einen alten Discosong von früher. Ich hebe die Arme und singe mit. Alvar setzt sich langsam in Bewegung. Seine Startstrecke ist unendlich lang, aber zuletzt kommt er tatsächlich in Schwung.
Tea ist nirgends zu sehen. Zu Hause hat sie verkündet, dass sie beschäftigt ist und keine Zeit für das Fest hat. Petra hat alles Mögliche versucht, um sie umzustimmen, aber ohne Erfolg. Als Alvar und ich aufbrachen, habe ich durch den Türspalt gesehen, dass sie Kleider anprobierte.
Alvar beugt sich zu mir vor, als müsste er mir etwas Wichtiges anvertrauen.
»Sie hätten mehr Chips kaufen sollen«, ruft er mir durch die Musik zu. »Die sind bald alle.«
Der Song, zu dem wir tanzen, geht nahtlos in den nächsten über. Es ist Michael Jacksons »Billie Jean«. Ich rufe »Billie Jean!« und zeige auf mich selbst, damit alle verstehen, dass ich diesem Lied meinen Namen verdanke. Meine Freunde tanzen um mich herum und singen den Refrain mit. Ich hüpfe wie ein Jo-Jo auf und ab. Plötzlich fällt mir auf, dass ich in letzter Zeit nicht so oft an Mama gedacht habe, dass ich keine Lust hatte, mit ihr zu skypen. Vielleicht habe ich ja Angst davor, mich zu sehr nach ihr zu sehnen. Michael

Jackson erinnert mich an sie. Ich sehe sie vor mir, wie sie mit ihrem großen Busen durch die Wohnung hüpft und brüllt »Billie Jean is not my lover ...« Das war, als sie noch nicht im Rollstuhl saß. Ihr Gesicht war voller Freude, und ihre Schultern bewegten sich auf ganz besondere Weise im Takt. Vielleicht überlegt sie ja, warum ich mich nicht melde. Vielleicht denkt sie ja, dass es mir bei den Perssons besser gefällt als bei ihr und dass Petra und Mange für mich wie richtige Eltern sind. Vielleicht fühlt sie sich ja so sehr im Stich gelassen, dass sie lauter Tabletten schlucken will. Was wäre, wenn meine geliebte, dumme Mutter sterben würde, während ich in einer Disco tanze?
Niemand sieht meine Tränen, nicht einmal Alvar. Er ist vollkommen in die Musik vertieft. Er ist so froh. Meine Augen finden Douglas. Er trägt einen neuen blauen Hoodie und silbrige Sneakers. Er steht in der Nähe der Tanzfläche, als wollte er tanzen und würde sich bloß nicht trauen. Unsere Blicke begegnen sich. Ich versuche erst gar nicht, die Träne abzuwischen, die mir über die Wange läuft. Warum habe ich das Gefühl, dass er genau weiß, was in mir vorgeht? Warum habe ich das Gefühl, dass er mich als Einziger versteht?
Der Song geht zu Ende, und ich will mir etwas zu trinken holen. Roya schließt sich an und erzählt mir, dass sie noch nie ein tolleres Fest an dieser Schule erlebt hat. Im nächsten Augenblick entdecke ich Tea. Sie steht allein und in sich zusammengesunken neben der Tür. Der weinrote Lippenstift

lässt ihren Mund noch wütender erscheinen. Ich folge ihrem Blick und sehe, dass die Mädchen aus ihrer Klasse am anderen Ende des Saales zusammenstehen. Fatima kichert über die Bemerkung einer Mitschülerin.
Mange tanzt mit der Werklehrerin. Alvar tummelt sich mit Max und Larissa. Sie werfen Popcorn in die Luft und versuchen, es mit dem Mund aufzufangen, was Larissa am besten kann. Ich bin die Einzige, die Tea sieht. Es ist, als hätte ich eine besondere Brille auf, immer. Wenn ich sie doch nur für einen Abend abnehmen könnte.
Ich gehe auf sie zu. »Willst du tanzen?«
Ihre Augen schleudern heiße Lava in mein Gesicht.
»Oder willst du etwas trinken gehen?«
Mit einem Seufzer begleitet sie mich zu dem Getränketisch und schenkt sich eine grellgelbe Limo mit Maracuja-Geschmack ein. Douglas steht schräg links vor mir, aber ich schaue nicht hin. Die Mädchen aus Teas Klasse haben sich inzwischen auf die Tanzfläche gewagt. Tea schiebt sich mit angespannter Miene Popcorn in den Mund. Die weichen Härchen ihres rosa Plüschpullis stehen wie Stacheln ab. Ich denke an die Freundschaftswoche und daran, dass sich nichts geändert hat. Was kann ich dagegen unternehmen? Zu den tanzenden Viertklässlerinnen hinüberrennen und sie dazu zwingen, Tea mit einzubeziehen? Sie würde mich hassen.
»Warum seid ihr eigentlich nicht mehr Freundinnen?«, frage ich. »Du und Fatima?«

Ich sehe, wie sich die Röte in ihrem Gesicht unter der dicken Cremeschicht ausbreitet. »Niemand versteht mich, das ist das Problem.«
»Ist das der *einzige* Grund?«
»Was bildest du dir eigentlich ein? Kommst einfach daher und … denkst, dass du alles weißt!« Ihre Augen sind glasig. Ein Spuckefaden hängt zwischen ihren Lippen. »Du weißt nichts über mich. *Gar nichts*!«
Mange kommt auf uns zu. Er freut sich so darüber, Tea zu sehen, dass er vollkommen vergisst, auf der Hut zu sein. Er umarmt sie fest und streicht ihr mit der Hand übers Haar. Er möchte tanzen und herumalbern. Mir ist klar, dass er alles nur schlimmer macht, aber ich kann nicht eingreifen. Ihre Worte liegen mir wie ein Kloß im Magen. Sie reißt sich von Mange los und wendet demonstrativ den Kopf ab.
Evin winkt mir zu. Ihre Lachfältchen heben meine Laune ein ganz klein wenig. Da spüre ich eine Hand, die meinen Arm streift. Bereits bevor ich mich umdrehe, weiß ich, wer es ist.
»Wollen wir tanzen?«
Ich nicke. Evin starrt zu uns herüber. Filippa hält sich die Hand vor den Mund. Aber ich tue, was mir passt. Ich tanze, mit wem ich will.
Die Musik ist poppig-munter. Douglas tanzt wie alle anderen und schaut mich dabei nicht an. Aber ziemlich bald kommt er in Schwung. Macht fette Moves, dreht und wendet sich, malt mit den Händen in die Luft. Ich sehe, dass die

anderen auf ihn aufmerksam werden, diese Seite kennen sie wohl noch nicht. Wir synchronisieren unsere Bewegungen. Die Musik verändert sich und wird langsam. Die Mädchen legen die Arme umeinander und tanzen mit gespielter Innigkeit zu der schmachtenden Ballade. Die Jungs machen es ihnen nach, stolpern aneinandergeschmiegt herum und lachen kreischend.
Douglas' Blick flackert, er weiß nicht, was er jetzt machen soll. Also legt er mir die Arme scherzhaft um den Oberkörper und schiebt mich vor sich her wie einen Gegenstand. Ich versuche, mich aus der Umklammerung zu lösen. Er hält mich so fest, dass ich kaum noch atmen kann. Ich spüre, wie die Wut in mir aufsteigt. Niemand darf mich so festhalten! Ich lege meine Hände auf seine Brust, nehme meine ganze Kraft zusammen und schiebe ihn weg. Er zupft verunsichert an seinem Pulli und schaut sich um. Niemand scheint etwas bemerkt zu haben.
Er kommt wieder auf mich zu. Was soll denn das? Seine komische Art, erst soft und dann gleich wieder wie ein Idiot, geht mir auf die Nerven. Unsere Nasen stoßen fast aneinander. Er beginnt, vor mir herumzutanzen. Ich will jetzt nicht. Echt nicht. Aber gleichzeitig klopft und flattert es in mir, wenn er mir so nahe kommt. Seine Hände liegen auf meinem Rücken. Ich kann mich nicht von seinem Blick lösen.
Der Song ist zu Ende und Douglas verschwindet. Ich gehe in die andere Richtung, auf den Ausgang zu. Ich will tief

durchatmen und meine Gedanken ordnen. Und wie sie schauen: Evin und Filippa, Nicki und Wilma. Am allermeisten starrt Alvar. Mit rabenschwarzem Blick steht er an der Wand.
Ich gehe auf ihn zu. Er wendet sich ab.
»Alvar?«
Er geht einfach. Ich folge ihm, als er die Kantine verlässt. Er läuft den Korridor entlang. Ich bleibe ihm auf den Fersen. Dann sind wir auf dem Schulhof.
»Bleib stehen!«, rufe ich. »Was ist denn los?«
Mit einer heftigen Bewegung dreht er sich um.
»Verzieh' dich wieder zu deiner Mutter, statt uns hier das Leben schwerzumachen!«
Dann rennt er weg. Die Musik aus den Lautsprechern dringt auf den Hof. Ich werfe einen Blick durch die Kantinenfenster. Douglas steht dahinter und sieht mich an. Die Luft ist rau, aber ich gehe trotzdem nicht hinein, um meine Jacke zu holen.

18

Das Geld in der Hosentasche reicht für das Busticket, so viel weiß ich. Wenn ich erst in der Stadt bin, findet sich der Rest. Wenn ich erst im Zug sitze ...

Am Marktplatz muss ich erst einmal eine halbe Stunde auf den Bus warten. Eine Frau aus dem Chor spaziert mit ihren Hunden vorbei und wirft mir einen besorgten Blick zu. Vielleicht überlegt sie sich ja, was ich zu so später Stunde allein und so dünn angezogen noch vorhabe. Ich winke ihr fröhlich zu.

Die ganze Zeit versuche ich, Mama anzurufen, aber niemand geht ran. Es ruft mich auch niemand an. Vermutlich haben sie noch gar nicht bemerkt, dass ich weg bin. Vielleicht tanzt Mange ja noch oder er ist Alvar hinterhergelaufen. Wo ich mich gerade befinde, fällt dann nicht so ins Gewicht. Das verstehe ich sehr gut. Vermutlich wäre ich auch lieber meinem eigenen Kind hinterhergerannt. Mange und Petra mögen mich bestimmt, aber wenn ich erst einmal weg bin, fällt ihnen bestimmt auf, dass alles ein bisschen viel war. Ich habe so viele Ideen, nehme so viel Raum ein. Weigere mich, alle Ratschläge zu befolgen. Es ist schon schwierig genug, sich zu viert auf die verschiedenen Dinge zu einigen.

Zu fünft geht es schon gar nicht. Dass jemand komische Flechten im Haar hat, geht nicht. Dass jemand von einem anderen Planeten zu stammen scheint, geht nicht.
Der Bus kommt und ich lasse mich ganz hinten auf einen Sitz sinken. Als der Bus Bokarp verlässt, beschleicht mich ein trauriges Gefühl. Ich sehe die Wälder, in denen wir Pilze gepflückt haben und herumgelaufen sind. Das war zwar gut, ist jetzt aber Vergangenheit. Man muss die Dinge schließlich ausprobieren, damit man weiß, dass sie einem nicht liegen. Jetzt habe ich also Bokarp ausprobiert. Ich habe ausprobiert, wie es ist, ein Fahrrad zu haben, Tischtennis zu spielen und im Gospelchor mitzusingen. Ich habe ausprobiert, eine Mutter zu haben, die einem erklärt, dass man pünktlich in der Schule erscheinen muss. Aber jetzt ist Schluss damit. Ich gehöre einfach zu meiner eigenen, anstrengenden Mutter, die bestenfalls ihren Kopf vom Kissen hebt, wenn ich mich morgens auf den Schulweg mache.
In der Stadt steige ich aus dem Bus und gehe in den Bahnhof. Ich habe Glück. Der letzte Zug geht in einer halben Stunde. Er fährt zwar nicht bis nach Stockholm, aber ein Stück in die richtige Richtung. Ein Stück ist besser als gar nichts. Dass ich kein Geld für das Ticket habe, ist natürlich ein Problem. Aber mit den Zugbegleitern lässt sich sicher reden. Jeder Mensch lässt sich erweichen. Das weiß ich einfach. Mit allen lässt sich reden.
Mama antwortet immer noch nicht. Als mein Handy endlich klingelt, ist es Mange. Drei Minuten später ruft Petra an.

Ich gehe nicht ran. Dann piepst das Handy, eine Nachricht von Alvar. Ich lese sie nicht. Die Familie Persson gehört der Vergangenheit an. Ich hoffe, dass sie ihre Probleme lösen können. Ich hoffe, dass Petra und Jens wieder zueinanderfinden. Ich hoffe, dass sich Alvar zu Hause behaupten kann und dass Tea wieder mit ihren Freundinnen klarkommt. Ich hoffe, dass sie alle Schäden beheben können, die durch Caspers Tod entstanden sind.

Ich steige in den Zug, finde einen Platz und mache mich ganz klein. Der Zug fährt an. Die Tannen sausen vorbei. Die Hälfte der Passagiere döst vor sich hin. Ich lehne mich zurück und versuche mich zu entspannen. Mit Michael Jackson im Kopfhörer denke ich an meine geliebte, dumme Mutter. Ich habe ein Flattern im Bauch. Habe ich Angst, dass ich mein Ziel nicht erreiche, oder mache ich mir Sorgen, wie es wohl zu Hause aussieht? Oder dass Mama schon etwas Dummes gemacht hat? Vielleicht alles gleichzeitig.

Der Typ neben mir hat eine Zeitung auf den Knien. Da steht etwas über eine Fernsehserie, die ich mir auch schon angeschaut habe, und wir kommen ins Gespräch. Er erzählt mir, dass er vor allem Filme und Serien über alte Kriege mag. Er weiß zwar nicht warum, aber er hat so ziemlich alle Kriegsfilme gesehen, die's gibt. Ich frage ihn zum Spaß, ob eine Art Krieg in seinem Inneren tobt und er sich deswegen mit den Filmen identifizieren kann. Er sieht mich lange an. »Ich weiß nicht«, sagt er dann. »Vielleicht ist da ja was dran.«

Ich habe mein Bauchflattern fast schon vergessen, als die

Zugbegleiterin das Abteil betritt. Mit strenger Stimme fordert sie uns auf, die Fahrscheine bereitzuhalten. Sieht sie nicht doch auch ein bisschen freundlich aus? Betrübt mustert sie das Ticket einer jungen Frau und sagt, dass es nicht in Ordnung ist. Die junge Frau versucht, etwas zu erklären, aber ich kann ihre Worte nicht hören. Die Zugbegleiterin bleibt unnachgiebig: Irgendetwas ist da ganz und gar nicht in Ordnung. Das Flattern im Bauch nimmt zu. Mein Sitznachbar erkundigt sich, wo ich denn hinfahre, aber ich habe keine Zeit für eine Antwort. Ich muss aufs Klo. Schließe die Tür ab und lasse mich auf den Klodeckel sinken. Es riecht nach Urin, und auf dem Boden liegen kleine, nasse Papierhaufen. Wenn mich die Zugbegleiterin jetzt beim nächsten Halt aus dem Zug wirft und ich nie nach Stockholm komme, was dann? Mein Handy schnurrt in der Hosentasche. Es ist Mama, die anruft!

Auf einmal bin ich ganz eifrig und freue mich wahnsinnig.

»Mann, ich habe dreißigtausend Mal bei dir angerufen, hast du das denn nicht gesehen, ich bin jetzt auf dem Weg nach Hause, ich bleibe nicht in Bokarp, eine Weile hat es zwar echt Spaß gemacht, aber jetzt ist es vorbei, ich sehne mich wie verrückt nach dir, kapierst du das, Mama, ich will mit dir zusammen sein, alles andere ist Unsinn!«

»Wo bist du denn gerade?«

»Im Zug, auf dem Weg zu dir!«

»Mensch, Billie ...« Mamas Stimme klingt leise und schwammig.

»Warum bist du nie rangegangen?«, frage ich. Mein Bauchflattern wird schlimmer.
»Weil ich ... im Krankenhaus liege.«
»Warum liegst du im Krankenhaus?«
Eine Weile ist es still. »Ja, weißt du ... ich hatte ja viele Probleme mit dem Magen. Sie mussten operieren. Was hast du gesagt? Du bist auf dem Weg zu mir?«
Mir stockt der Atem. »Was denn für eine Operation?«
»Nichts Schlimmes. Aber ich muss noch eine Weile im Krankenhaus bleiben ...«
Mamas Stimme verschwindet im Nebel. Als sie wieder zu hören ist, erzählt sie, wer angerufen hat, während sie in der Narkose lag. »Was wollte sie, diese Petra? Hast du eine Ahnung?«
»Sie überlegt sicher, warum ich noch nicht zu Hause bin«, antworte ich schnell. »Dass ich auf dem Weg zu dir bin, war nur Spaß, ich ... vermisse dich einfach so.«
»Bist du sicher?«
»Ja, keine Sorge, Mama. Werd' einfach wieder gesund.«
»Hallo!« Die Stimme der Zugbegleiterin draußen vor der Klotür.
»Okay«, sagt Mama. »Das ist dein gutes Recht. Ich sehne mich auch die ganze Zeit. Aber ich weiß auch, dass ich es nicht ... schaffe ... du weißt ... Aber es wird alles wieder gut. Alles wird gut.«
»Hallo!«, höre ich wieder die Zugbegleiterin.
»Ist da jemand?«, erkundigt sich Mama.

»Öffnen Sie die Tür!«
»Bloß eine Freundin. Die wieder einmal Lärm macht. Muss los. Tschüss, mach's gut.«
»Du auch.«
Die da draußen klingt jetzt richtig wütend. Ich schließe auf. Wir stehen einander Auge in Auge gegenüber. Ihr Blick bleibt an meinem Haar hängen. Meine Dreadlocks gefallen ihr nicht, das merke ich sofort. Sie bittet mich ins Abteil, möchte meinen Fahrschein sehen und erkundigt sich nach meinem Fahrziel. Ich sage, wie es ist, dass ich kein Ticket habe, eigentlich nach Stockholm wollte, mir es jetzt aber anders überlegt habe und wieder in die Stadt zurückmuss, aus der ich gekommen bin. Sie erkundigt sich nach der Handynummer meiner Mutter. Daraufhin erzähle ich ihr, dass ich gerade mit Mama geredet habe und alles in Ordnung ist. Alle im Abteil starren mich an. Ich lächle ihnen zu, damit sie sich nicht unnötig aufregen. Nur mein Sitznachbar sieht weiterhin besorgt aus.
»Was soll ich jetzt bloß mit dir machen?«, fragt die Zugbegleiterin.
»Ich werde dann wohl einfach am nächsten Bahnhof aussteigen.«
»Aber wie willst du denn von dort nach Hause kommen?«
»Ich habe dort Bekannte«, lüge ich. »Einen, der Calle Bergman heißt, und einen, der Sigge heißt. Ich weiß auch, wo sie wohnen.«
Wir einigen uns also darauf, dass ich aussteige. Die Zug-

begleiterin ermahnt mich nochmals, in Zukunft immer ein Ticket zu kaufen. Dann lasse ich mich wieder auf den Sitz neben dem Typen, der die Kriegsfilme mag, sinken. Er gibt mir drei Hunderter für einen Fahrschein zurück in die Stadt. Er schärft mir ein, besser auf mich aufzupassen, und zeigt mir dann auf seinem Handy einen lustigen Videoclip mit Schafen. Wir lachen, und er gibt mir seine Handynummer, obwohl es mir abwegig vorkommt, ausgerechnet ihn anzurufen, wenn etwas schiefgeht.
Wenige Minuten später stehe ich auf dem Bahnhof eines menschenleeren, unbekannten Ortes. Siebenunddreißig Minuten später steige ich in den Zug zurück. Und wieder sausen die Tannen vorbei. Nach unserer Ankunft verschwinden alle in verschiedene Richtungen. Inzwischen ist es vollkommen dunkel. Es ist schon nach neun. ich habe nur einen Hoodie an, keine Jacke. Der letzte Bus nach Bokarp ist schon abgefahren.
Ich lasse mich auf eine eisige Parkbank fallen. Ein sachte herabtrudelndes Blatt fällt mir in den Schoß. Der Wind pustet ein wenig Abfall die Straße entlang. Soll ich mich hier hinlegen und schlafen? Vielleicht gibt es ja irgendwo einen Spielplatz mit einem Häuschen für die Kleinkinder, in dem ich mich verkriechen kann. Aber bevor ich mir noch weitere Gedanken machen kann, hält ein Auto. Das Seitenfenster gleitet nach unten und Nadine schaut heraus. Neben ihr sitzt ihre Mutter, die sich vor dem prügelnden Vater versteckt.
»Was machst du hier?«, erkundigt sich Nadine.

»Ich bin von dem Fest abgehauen und wollte nach Hause fahren, aber … daraus wurde nichts.«
»Sollen wir dich nach Hause fahren?«
Ich nehme auf der Rückbank Platz. Nadine setzt sich neben mich. Im Auto riecht es schwach nach Parfüm. Die Mutter hat genauso schönes Haar wie Nadine, bloß dunkler. Sie wirft mir einen raschen Blick zu.
»Ich heiße Maria.«
»Billie. Aus Nadines Klasse.«
Im Rückspiegel sehe ich ein wiedererkennendes Lächeln auf Marias Lippen.
»Billie …«, wiederholt sie. »Du bist das also.«
Ich weiß nicht, wie viel ich Nadine erzählen soll. Muss ich sie ins Vertrauen ziehen, bloß weil sie das auch getan hat?
»Ich habe mich nach Mama gesehnt«, sage ich, obwohl das nur die halbe Wahrheit ist.
»Ja.«
»Warum warst du nicht auf dem Fest?«, frage ich.
»Feste sind nicht so mein Ding«, erwidert Nadine und fummelt an ihrer Stofftasche herum.
»*Meines* schon. Aber dann ist es trotzdem schiefgelaufen.«
Nadine seufzt tief. »Wenn ich doch so wäre wie du. Dir fällt alles leichter.«
Ihr Blick schweift zum Fenster hinaus. Jetzt sieht sie wieder traurig aus. Wahrscheinlich hat sie recht. So traurig habe ich mich noch nie gefühlt. Nicht einmal jetzt, wo Mama kränker denn je ist und sowohl Alvar als auch Tea erklärt

haben, dass sie mich hassen. Ich nehme das Handy hervor, das ich lautlos geschaltet hatte, und sehe, dass ich zweiundzwanzig Anrufe verpasst habe. Fast alle von den Perssons.
»Mir fallen auch manche Dinge schwer«, tröste ich Nadine.
Sie sieht mich erstaunt an.
»Tja, neu zu sein, ist ja nicht immer ganz einfach«, fahre ich fort. »Neue Freunde, eine neue Familie. Bei so viel Neuem vergesse ich, mich nach Mama zu sehnen. Und dafür muss ja auch Zeit sein.«
»Natürlich«, erwidert Nadine.
Ich hole tief Luft. »Was ... was würdest du sagen, wenn ich es einfach nicht mehr schaffe, Schülerhelferin zu sein?«
Nadine schluckt. »Du bist dann ja immer noch die Gleiche.«
»Na hoffentlich. Ich helfe anderen gern, aber nur, wenn es sich irgendwie von selbst ergibt.«
Nadines Mutter hält vor dem Haus der Perssons. Die Fenster sind hell erleuchtet. Vielleicht essen sie gerade einen Teller Joghurt mit gesundem Müsli, vielleicht führen sie ein lehrreiches Gespräch über die russische Revolution. Ich bedanke mich bei der Mutter fürs Fahren und umarme Nadine ganz kurz. Auf dem Weg zum Haus erblicke ich Alvar hinter dem Küchenfenster. Er öffnet den Mund und wendet sich ab. Eine knappe Sekunde später stürmen sie alle aus dem Haus. Sie drängeln sich, um mich zu umarmen, mir zu erzählen, wie viel Sorgen sie sich gemacht haben, und mich zu fragen, wo ich denn gewesen bin. Ich sage, dass ich mich nach Mama gesehnt habe. Ich sage, dass ich einfach

drauflosgegangen bin, bis ich eingesehen habe, dass ich wieder zurückmuss. Die Zugfahrt verschweige ich. Dann erzähle ich, dass sich Mama nicht um mich kümmern kann. Ganz unerwartet bricht meine Stimme. Alvar drückt mich ganz fest. »Entschuldige«, flüstert er mir ins Ohr. Tea löst Alvar ab und umarmt mich genauso fest. »Meine große Schwester«, sagt sie. »Meine große Schwester.«

19

Am Montag gehe ich zum Lehrerzimmer und bitte um ein Gespräch mit Roya. Sie erwähnt mit keinem Wort, dass ich einfach davongelaufen bin, ohne mich zu verabschieden.
Ich erzähle ihr, dass ich meinen Posten als Schülerhelferin kündigen will.
»Du hast trotzdem einen Einfluss auf sie«, meint Roya und tätschelt meine Wange. »Ob du es willst oder nicht. So ist das nun einmal mit dir.«
Roya riecht ganz spannend nach weiter Welt. Sie zeigt mir ihr neues Tattoo, das sie sich letztes Wochenende in Stockholm hat stechen lassen. Einen Igel.
»Bald habe ich dann einen ganzen Zoo auf dem Körper«, meint sie lachend.
Am Abend bei der Gospelprobe schlage ich vor, dass wir auch ein Michael-Jackson-Lied einüben. Petra ist einverstanden, und auf dem Heimweg nehmen wir unsere Handys hervor und hören uns verschiedene Songs an. Das ganze Wochenende über haben mir alle beteuert, wie wunderbar ich bin. Sie haben Kuchen gebacken und mir Geschenke gegeben. Zuletzt hat dann Petra gemerkt, dass es mir zu viel wurde und ich ein wenig Ruhe brauchen konnte. Sie ist

kühl und herzlich zugleich. So einem Menschen, den man umarmen möchte, dem man aber auch entkommen will, bin ich vorher noch nie begegnet.
Petra und ich diskutieren über die Songtexte und überlegen uns, welcher uns am meisten berührt. Petra gefällt »Man in the mirror«, der davon handelt, dass man, um Veränderungen herbeizuführen, immer erst bei sich selbst beginnen muss, aber ich plädiere für »You are not alone«. Die Botschaft, dass man Bürden gemeinsam tragen soll, findet Petra sehr christlich. Von mir aus, darf sie gerne.
»Kostest du das Leben voll aus?«, frage ich.
Petra bricht in unnatürliches Gelächter aus.
»Du mit deinen ständigen Fragen, ich ...« Ihr Lachen verebbt. »Wenn Casper noch leben würde, wäre das Leben perfekt.«
»Wie sieht denn ein perfektes Leben aus?«
Sie reckt sich ein wenig. »Tja ... man hat genug zu essen und darf seine Meinung äußern. Man hat eine Familie und fühlt sich geborgen. Solche Dinge.«
Ich mache mir Gedanken über das mit der Familie, ihre Bedeutung. Ist es die Verwandtschaft an sich, die verbindet, oder sind es andere Dinge? Ich grüble über die Familie Persson nach, jeder in seiner eigenen Welt, selbst wenn sie gemeinsam den Garten rechen oder ihren Familienrat abhalten. Ich denke an Jens, der zehn Minuten von dem braunen Haus entfernt wohnt.
»Wie weiß man denn überhaupt, dass man *eine Familie* ist?«

»Billie ...«
»Im gleichen Haus zu wohnen, bedeutet noch lange nicht, dass man einander kennt.«
Sie lächelt angestrengt. »Nicht?«
»Weißt du denn, was Tea in ihrem Zimmer macht, weißt du ...?«
»Ich finde, jeder hat das Recht auf ein Privatleben, auch in einer Familie.«
»Tea ...«, ich schlucke, weil ich sie ja nicht verraten will, »hat es momentan mit ihren Freundinnen nicht so leicht. Beispielsweise.«
Petra scheint über meine Worte nachzudenken. »Tea ist ein komplizierter Mensch. Vielleicht muss sie ja erst aus ihren Fehlern lernen. Ihr Auftreten verändern. Und dieser Blog ...«
»*Vlog*.«
Petra wirft mir einen verständnislosen Blick zu. »Ja, vielleicht hat sie ja inzwischen eingesehen, dass der keine so gute Idee war.«
Ein Gefühl der Hoffnungslosigkeit breitet sich in mir aus. Ich denke an Tea und alles, was sie mit sich rumschleppt.
»Man kann auch in einer Familie einsam sein.«
Sie lacht kurz auf. »Manchmal bist du ganz schön altklug.«
»Was ist das?«
»Übertrieben klug für sein Alter.«
»Du bist auch übertrieben klug für dein Alter«, sage ich, »aber nicht immer. Wirst du dich nie mit Jens versöhnen?«

»Hör schon auf, Billie. Über diese Dinge sollten wir lieber nicht reden.«

»Weißt du, dass Alvar denkt, dass Jens an Caspers Tod schuld ist?«

Sie verlangsamt ihre Schritte. Ihr Blick bohrt sich in meinen. Ich beginne »You are not alone« zu summen. Erst nach einer geraumen Weile höre ich, dass Petra mitsingt.

20

Evin will, dass wir uns identische Jacken kaufen, und hat ein Modell im Internet herausgesucht. Aber ich erkläre ihr, dass ich nicht die gleiche Jacke wie jemand anderes tragen möchte. Außerdem lehne ich ab, wenn mich meine Klassenkameraden zu sich nach Hause einladen. Ich teile ihnen mit, dass ich einmal pro Woche zum Tischtennistraining gehen will, mehr nicht, und dass ich ab und zu in der Pause Fußball spielen oder ganz still neben Nadine sitzen möchte. Ich entscheide auch, dass ich manche Tage mit Alvar verbringen will, weil er »quasi mein Bruder« ist. Evin mault, dass er nur rein zufällig »quasi mein Bruder« ist, und wenn ich in ihrer Familie gelandet wäre, dann wäre sie jetzt meine Schwester.

»Können wir nicht einfach sagen, dass wir Schwestern sind?«, schlägt sie vor.

»Was hast du gegen Freundinnen?«

»Schwestern stehen einander näher als Freundinnen.«

Wir könnten natürlich ohne Weiteres festlegen, dass sie meine Schwester ist. Aber irgendwie wäre das Alvar und Tea gegenüber nicht fair.

»Ich brauche aber eine richtig gute Freundin!«, antworte ich.

Evin betrachtet mich nachdenklich. Seit meiner Ankunft in Bokarp ist ihr kurzes Haar ein wenig gewachsen. Mit einem Mal fällt mir auf, dass ich kein anderes Mädchen mit Kurzhaarschnitt kenne. Die Erkenntnis, dass Evin, schon lange bevor ich nach Bokarp gekommen bin, ihr eigenes Ding gemacht hat, freut mich sehr.

»Meinetwegen, Freundinnen«, willigt sie schließlich ein und schwingt sich auf meinen Gepäckträger.

In Sekundenschnelle verwandelt sich mein Unbehagen in ein angenehmes Gefühl.

Ziellos radeln wir durch den Ort. Schauen in die Häuser, weil es Spaß macht. Lachen uns darüber kaputt, wie die Leute aussehen, wenn sie sich unbeobachtet fühlen. Wir malen uns aus, was das wohl für Menschen sind, und denken uns lange Geschichten über ihr Leben aus. Als es kühler wird, fahre ich Evin nach Hause.

Auf dem Heimweg komme ich an dem Kiosk vorbei, vor dem Casper starb. Ich versuche, mir das Geschehene vorzustellen, aber es entstehen nur verschwommene Bilder. Nur zwei Personen wissen, was an dem Tag, als Casper überfahren wurde, wirklich passierte: Petra und Jens.

Was, wenn Jens Casper absichtlich auf die Straße rennen ließ? Was, wenn er sich so sehr über die perfekte Petra geärgert hat, dass er ihr schaden wollte? Der Herbstwind mit dem leichten Nieselregen streicht mir plötzlich kalt über die Wange. Ich ärgere mich über mich selbst, weil ich die Dinge immer so komplizieren muss. Mama sagt immer, dass ich für mein Alter viel zu »fortgeschritten« bin. Vielleicht bin ich das ja wirklich, und »altklug« obendrein.

Am gleichen Abend bin ich bei Alvar im Gartenhäuschen. Er arbeitet an seinen Kunstwerken, während ich mich im Stockbett ausruhe.
Das kratzige Zierkissen, auf dem ich liege, riecht modrig. Durch das Fenster des Gartenhäuschens sehe ich geradewegs ins braune Haus. Irgendjemand hat die Teelichter neben der Vase mit den Trockenblumen angezündet. Plötzlich bin ich dankbar, dass ich hier bei dieser Familie sein darf. Wenn sie wahnsinnig perfekt wären, würde es mir hier nicht gefallen. Es muss einfach Probleme geben, damit das Leben interessant wird.
»Bist du ... in ihn verknallt?«
»Was?« Ich starre Alvar an. »In wen?«
Er sitzt mit dem Rücken zu mir. Seine Hände arbeiten nicht mehr.
»Na, in wen wohl? Douglas natürlich. Und, bist du?«
Die Frage hängt zitternd in der Luft und fordert eine Antwort. Alvar dreht sich langsam um. Er will es wissen. Das verstehe ich sehr gut. Das Problem ist nur, dass ich es selber nicht weiß. Ich weiß nicht, wie sich Liebe anfühlt. Und ich will nicht in Douglas verliebt sein, das ist schon mal sicher. Aber kann man sich einfach dafür entscheiden, nichts zu empfinden? Kann man davon absehen, was im Körper geschieht, wenn man jemanden anschaut?

Mit einem langgezogenen Quietschen geht die Türe auf. Petra streckt ihren Kopf herein.
»Hallo?«
Sie tritt vorsichtig ein und sieht sich um, als wäre sie noch nie hier gewesen. Als würde sie sich fürchten vor dem, was es hier zu sehen gibt.
Alvar geht sofort in die Defensive. Seiner Haltung ist deutlich anzusehen, wie angespannt er ist. Dies hier ist sein Reich, sein Zufluchtsort, sein Allerheiligstes, in das er nur eine Person vorlässt, und das bin ich.
Petra geht langsam zu dem Regal mit den Tonfiguren und bleibt dort stehen.
»Aber ... die sind ja fantastisch!«
Sie zieht sich einen Stuhl heran und setzt sich neben ihn. Ich schiebe mir die Stöpsel in die Ohren und schalte die Musik ein.
Petras Lippen bewegen sich, während sie nervös an ihrer Kette fingert. Dass es tatsächlich Menschen gibt, die ihren eigenen Kindern gegenüber schüchtern sind! Sie legt ihm ihren Arm um die Schultern und zieht ihn an sich. Erst sträubt er sich ein wenig, dann gibt er nach. Alvar lehnt seinen Kopf an ihre Schulter. »This one's for all the lost children, wishing them well«, singt Michael Jackson in meine Ohren. In Fernsehserien habe ich noch keine Szene gesehen, die besser gewesen wäre. Sie ist einfach perfekt.
Stillschweigend verlasse ich das Gartenhäuschen und marschiere in den Wald hinter dem Grundstück. Ich singe mit

voller Kraft in die Wipfel hinauf. Es ist schon eine Weile her, dass ich das getan habe. Dann rufe ich Mama an. Sie sagt, dass sie sich jeden Tag und die ganze Zeit wie verrückt nach mir sehnt. Ich erzähle ihr, dass Petra nicht immer weiß, wie sie mit ihren eigenen Kindern reden soll. Mama lacht.

»Als könnte ich dir nicht alles erzählen, Billie!«

Ich lächle in mich hinein. Mama hat keine Ahnung, dass man seinen Kindern nicht alles erzählen sollte. Manchmal, wenn ich sie frage, wie es ihr geht, erwidert sie, dass sie nur Finsternis sieht.

»Du müsstest lernen, mir ab und zu was vorzulügen«, erkläre ich ihr. »Leute, die nie ›gut‹ antworten können, wenn man sich erkundigt, wie es ihnen geht, sind manchmal ganz schön nervig.«

Zuletzt verspricht sie mir jedenfalls, wieder gesund zu werden.

»Aber dir ist doch klar, dass meine Krankheit unheilbar ist, Billie?«

»Musst du mir das denn immer sagen? Ich bin ein Kind! Ich muss nicht alles wissen. Kapier das doch endlich!«

21

Bald finden die Tischtennis-Clubmeisterschaften statt. Evin und ich haben uns für alle verfügbaren Klassen angemeldet. Wenn wir uns über die Wettspiele unterhalten, ist Mange eifriger denn je. Er schlägt vor, dass Alvar nicht nur in der Klasse »Jungen 12«, sondern auch bei den »Jungen 13« und »15« mitspielen soll.

»Das macht einfach Spaß! Es spielt ja keine Rolle, dass man nicht gewinnt.«

Ich versuche, Alvar mittels Gedankenübertragung zum Widerspruch anzuregen, was null Effekt hat. Mange labert über den besten Junioren-Wettkampf seines Lebens, zu dem er angetreten war, obwohl er sich gerade von der Grippe erholt hatte. Niemand rechnete mit seinem Erscheinen, aber er kam und machte alle nieder. Wir hören höflich zu, dann erkundigt sich Alvar, ob er den Tisch verlassen darf. Am nächsten Tag meldet ihn Mange für alle Klassen an, in denen er selber gerne gespielt hätte.

Mange legt sich wirklich sehr ins Zeug. Als der große Tag näher rückt, erklärt er uns, wie wir uns optimal vorbereiten können. Es ist wichtig, dass wir die Tage davor früh ins Bett gehen und uns gesund ernähren. Am Tag der Meisterschaft weckt er uns mit einem »guten, reichhaltigen Frühstück«, das aus dem langweiligen Müsli und gekochten Eiern besteht. Auf dem Weg zur Sporthalle liegt er uns mit verschiedenen Taktiken in den Ohren. Nach einer Weile schalte ich ab. Alvar tritt mit starrem Blick in die Pedale. Schwere Regentropfen fallen auf uns nieder.

Das Geräusch der Pingpongbälle, die Rufe der Teilnehmer und die Lautsprecherstimme aus dem Sekretariat mischen sich in der Halle. Die Luft ist bereits stickig und es riecht nach Schweiß. Meine Match-Serie beginnt. Mange gibt mir Tipps, wie ich die gegnerischen Spins kontern soll, und macht mir zwischen den Sätzen Mut. Wenn ich verliere, sagt er, dass ich es meiner Gegnerin schwer mache und meine Leistungskurve nach oben zeigt.

»In einem halben Jahr schlägst du die Hälfte aller Teilnehmer hier, Billie!«

Ich lächle spöttisch. »Wer weiß, ob ich dann überhaupt noch Tischtennis spiele.«

Allein bei dem Gedanken wird er ganz blass.

Vielleicht schafft Alvar ja wenigstens Axel Olausson, denke ich. Axel Olausson ist ein lausiger Aufschläger. Er wirft den Ball in die Luft, trifft ihn dann aber ziemlich selten – alles andere als ein Sieg wäre also eine Katastrophe.

Mange coacht Alvar auf andere Art als mich. Er schaut sich Alvars Wettkämpfe mit gerunzelter Stirn an, schüttelt manchmal den Kopf, schnauft vor sich hin. Alvar spielt, als wäre er eine Maschine, aber keine sonderlich effektive. Nach beendetem Match geht er einfach. Mange schluckt seine Enttäuschung hinunter und eilt ihm hinterher. Spricht auf ihn ein, ich kann die Worte nicht hören, vermutlich sollen sie Alvar aufmuntern. Alvars Miene ist vollkommen ausdruckslos. Ihm ist anzumerken, dass er das Wochenende einfach nur hinter sich bringen will.

Alvar scheidet aus der Gruppe aus. Ich auch. Wir gehen zusammen essen. Evins Mutter und weitere engagierte Eltern versorgen uns mit allem Nötigen. Der Schweißgeruch hängt wie eine schwere Decke über unseren Köpfen. Immer wieder kommen Leute an unseren Tisch und erkundigen sich nach Petra und warum sie nicht da ist. Alvar antwortet, dass sie arbeitet.

»Das stimmt doch gar nicht«, sage ich, nachdem sie gegangen sind.

»Nein, sie will einfach nicht zuschauen.«

»Warum nicht?«

Er schiebt sich eine überladene Gabel Spaghetti mit Hackfleischsoße in den Mund. Dann wischt er sich den Mund ordentlich mit der Serviette ab.

»Ihr wird schlecht, wenn ich spiele«, erwidert er. »Sie rennt dann immer aus der Halle und denkt, dass ich nichts merke. Zum Spielende kommt sie zurück und tut so, als wäre sie die ganze Zeit da gewesen.

»Und du sagst nichts?«

Er schüttelt den Kopf.

»*Willst* du denn, dass sie zuschaut?«, erkundige ich mich.

Wieder schüttelt er den Kopf. »Aber sie scheint das zu glauben. Darum behauptet sie, dass sie arbeiten muss. Damit ich nicht traurig bin.«
Mich deprimiert es, dass sie lauter Dinge übereinander denken, die gar nicht stimmen.
»Tischtennis ist keine *Pflicht,* Alvar. Bevor ich nach Bokarp gekommen bin, habe ich keinen einzigen Menschen gekannt, der Tischtennis spielte.
Verständnislos sieht er mich an. Er scheint immer noch nicht zu kapieren, dass man Dinge auch selber entscheiden kann.
Mange kommt zu uns und redet davon, noch einmal richtig durchzustarten. Wir sollen vor dem nächsten Spiel umdenken. »Ihr müsst an euch selbst glauben und daran, dass ihr den Sieg verdient habt.«
Ich lache. »Ich verdiene den Sieg aber gar nicht, das kapiert doch jeder.«
»Psst, sag doch nicht so was!«
Alvar spielt auch weiterhin schlecht. Bei mir läuft's etwas besser. Mange gibt uns zur Stärkung Bananen, damit wir noch mal »unser Bestes geben« und allen zeigen können, »was in uns steckt«. Er redet so viel, dass mir fast die Ohren abfallen. Zuletzt unterbreche ich ihn mit der Mitteilung, dass ich mir jetzt von meinem *eigenen Geld* einen Muffin in der Cafeteria kaufe. Er wird fast wütend.
Trotzdem ziehe ich ab, um mir meinen Muffin zu holen. Bei der Gelegenheit kaufe ich auch gleich zwei Schokoteilchen.

Mange rauft sich die Haare und faselt von Kalorien, Training und was dem Körper guttut. Alvar, der Feigling, steht einfach nur da und schaut uns zu. Genießerisch verzehre ich meinen Muffin vor Manges Augen und krümle alles um mich herum voll.

»Jetzt bin ich gleich viel fröhlicher! Und einen Coach brauche ich wirklich nicht.«

Danach spiele ich mein bestes Match überhaupt, und zwar gegen Fia Bengtsson. Mange kapiert rein gar nichts. Ich eigentlich auch nicht. Fia ist ein Jahr jünger als ich, spielt aber bereits seit zwei Jahren. Voller Stolz unterschreibe ich das Match-Protokoll, in dem steht, dass ich den fünften und entscheidenden Satz gewonnen habe. Dann halte ich nach Alvar Ausschau. Gleich beginnt sein Spiel gegen Axel Olausson. Ich hoffe wirklich, dass Alvar gewinnt. Axel ist ein Angeber und hat immer ein falsches Lächeln auf den Lippen. Wenn Alvar nur seine Bälle übers Netz kriegt, wird alles gut.

Es läuft wie erwartet. Axels Aufschläge gelingen überhaupt nicht. Aber Alvar ist natürlich auch kein Star. Seine Bälle gehen fast immer über den Tisch hinaus. Den ersten Satz gewinnt Axel. Mange vergräbt das Gesicht in den Händen. Der zweite Satz fängt auch nicht gerade gut an. Mange wirft einen ängstlichen Blick zur Tribüne und scheint zu hoffen, dass niemand etwas gesehen hat. Ich weiß, was er denkt: Dass es peinlich ist, einen Sohn zu haben, der so schlecht spielt, wenn man selber der Trainer ist. Axel gewinnt auch den zweiten Satz.

Im dritten Satz kommt ein richtiger Ballonball sachte auf Alvar zugeflogen. Er segelt haushoch über das Netz, und ihn zu verfehlen, ist geradezu unmöglich. Ein leiser Hoffnungsschimmer tritt in Manges Augen, als sie dem Ball folgen. Alvar hebt den Schläger und macht sich zum Schmetterball bereit. Aber als der Ball bei ihm ankommt, fliegt er zügig am Schläger vorbei, geradewegs auf seinen Bauch.

Axel hebt die Faust zur Siegergeste und stößt einen schrillen Schrei aus. Gegen alle Benimmregeln stöhnt Mange ganz laut: »Verdaaammt, Alvar ...« Genau wie Douglas im Turnen. Wenige Sekunden später sieht Mange ein, dass er einen großen Fehler gemacht hat.

»Du kannst immer noch gewinnen, Alvar! Es ist noch nicht zu spät!«

Aber es *ist* zu spät. Alvar kehrt ihm den Rücken zu und bleibt einige Sekunden lang reglos stehen. Dann lässt er den Schläger fallen.

»Ich *will* gar nicht siegen. Kapier das doch endlich!« Seine Unterlippe zittert. »Ich scheiß auf Tischtennis!«

Er rennt los. Mange stolpert ihm hinterher. »Entschuldige! Alvar!«

»Lass mich in Ruhe!«

Mange gehorcht und bleibt betroffen stehen.

Ich warte vor der Jungenumkleide auf Alvar und folge ihm, als er die Sporthalle verlässt. Schweigend gehen wir zu den Fahrrädern. Ich habe nur kurze Hosen und das lappi-

ge Wettkampf-T-Shirt an. Seine Hände zittern beim Aufschließen.
»Kommst du mit nach Hause?«, fragt er.
»Nein, ich habe noch eine Menge Spiele vor mir. Bis heute Abend.«
»In Ordnung.«
»Tschüss«, sage ich.
»Tschüss«, erwidert er.
Ich gehe wieder zurück. Vor dem Eingang drehe ich mich noch einmal um. »Du bist super!«, rufe ich.
»Du auch!«, ruft Alvar zurück.
Drinnen in der Halle brüstet sich Axel wegen seines Walkover-Sieges. Normalerweise würde ich mich darüber aufregen, aber heute ist es mir vollkommen egal.
Ich scheide auch aus der nächsten Gruppe aus, aber das macht nichts. Es macht mir einfach Spaß, Evin beim Gewinnen zuzusehen. Sie siegt in den Klassen »Mädchen 12« und »Mädchen 14«. Dafür wird sie mit zwei Goldpokalen belohnt, die sie sich in das Regal über ihrem Bett stellen kann. Die Zeitung kommt und macht ein Interview. Ich platze fast vor Stolz.
Wir feiern mit Wurst aus der Imbissbude. Die Leute bleiben stehen und möchten wissen, welchen Wettkampf sie denn gewonnen hat. Ich erzähle allen, die zuhören wollen, wie gut Evin Tischtennis spielt.
»Ach was«, sagt Evin, »hör auf.«
Aber die Freude steht ihr ins Gesicht geschrieben.

22

An Caspers zweitem Todestag wollen wir auf den Friedhof gehen. Petra hat ihre Eltern und einige Nachbarn eingeladen. Sie bereitet einen Eintopf zu und backt Kuchen. Tea und ich machen Cupcakes mit rosa Zuckerguss. Dieses Mal machen wir es auf Petras Art und halten uns an ein Rezept. Trotzdem mische ich eine zusätzliche Prise Vanillezucker in den Teig, als sie gerade einmal wegschaut.

Ich beauftrage Alvar mit den Dekorationen auf dem Zuckerguss. Wortlos mischt er Mandelmasse und Puderzucker und färbt das Ganze mit Speisefarbe. Dann setzte er sich an den Küchentisch und formt daraus kleine Dinge, die Casper gefallen haben, Pu der Bär, eine Rutschbahn, eine Trommel, und legt diese vorsichtig auf die einzelnen Cupcakes. Mange lächelt Alvar zu und tätschelt unbeholfen seinen Arm. Vielleicht kommt er ja langsam darüber hinweg, dass Alvar jetzt nicht mehr Tischtennis spielt. Vielleicht sucht er ja neue Wege, ihm nahezukommen.

Bevor wir auf den Friedhof gehen, dreht Tea kurz durch, weil sie nicht weiß, was sie anziehen soll. Ich verspreche, ihr mit Rat und Tat beizustehen. Sie probiert eine interessante Kreation nach der anderen an: abwegig kurze Röcke zu gemusterten Leggings, seltsame Schärpen mit Troddeln, verschiedene Glitzer-Diademe. Zuletzt entscheiden wir uns für eine Jacke aus weichem Teddystoff, die ausnahmsweise mal nicht rosa, sondern türkis ist, und dazu ein Paar lila gemusterte Leggings. Teas Blick bleibt an meinen ganz normalen Jeans hängen.

»Ziehst du dich nicht um?«

Dann spazieren wir alle zusammen zum Friedhof. Unterwegs werde ich von mehr Leuten gegrüßt als Petra. Einige gehen in meine Schule, andere kennen mich aus der Zeitung. Petra wirkt überrascht. Sie hat wohl nicht geahnt, dass ich so bekannt bin. Tea streckt voller Stolz den Oberkörper.

»Alle kennen Billie«, verkündet sie.

Ich weiß nicht so recht, ob Petra das gut findet.

Mange geht in einigem Abstand vor uns her. Seine Jacke kommt aus einem teuren Sportgeschäft in der Stadt und hat zweitausendfünfhundert Kronen gekostet, was, wie Petra findet, »für eine Herbstjacke viel zu teuer« ist. Ihre eigenen Kleider hat sie so gründlich gebügelt, dass keine einzige Falte zu sehen ist. Die Hose flattert in dem rauen Wind. Ihre blaue Kostümjacke wirkt für dieses Wetter viel zu dünn. Das erstaunt mich, weil doch Petra sonst immer ganz genau weiß, wie man sich der Witterung entsprechend anziehen soll. Sie fröstelt und ich kann mir einen kleinen Scherz nicht verkneifen: »Hast du schon wieder zu wenig an! Du weißt doch, dass man sich warm anziehen muss, um nicht krank zu werden.«

»Mama, was sind das denn für Schuhe?«, fragt Alvar und deutet auf ihre dünnen Feiertagsschuhe. »Die sind doch wirklich nicht praktisch!«
Alle lachen, sogar Petra. Wir sind uns einig, dass wir in Zukunft darauf achtgeben müssen, dass sie sich vernünftig kleidet. Sonst könnte sie sich ja erkälten.
Als wir den Friedhof betreten, werden auf einmal alle ganz ernst. Caspers Grab liegt am anderen Ende, direkt neben dem Wäldchen. Durch ein Meer von grauen Steinen gehen wir darauf zu. Friedhöfe kenne ich nur aus Fernsehserien über Zombies. Ich kenne niemanden, der gestorben ist. Ich meine, ich habe niemanden gekannt, der gelebt hat und dann gestorben ist. Also gab es für mich nie einen Grund, auf einem Friedhof herumzulaufen.
Viele Grabsteine glänzen, als wären sie mit Seifenlauge gereinigt worden. Darauf sind Namen und Jahreszahlen mit schnörkeligen Goldbuchstaben eingraviert. Auf manchen Steinen steht etwas Nettes, »Unsere geliebte ...« oder »Im Gedenken an ...«. Auf anderen kann man nachlesen, was die Person für einen Beruf hatte. Einer, der Bertil Andersson hieß, war Schmied. Manche Gräber sehen aus, als seien sie über hundert Jahre alt, und das stimmt auch. Die Namen sind verwittert oder überwachsen. Deprimierend sind ungepflegte Gräber von Menschen, die erst vor circa fünf Jahren gestorben sind. Hatten die denn niemanden, der sie mochte? Wie ist das nur möglich?
Während wir über den Friedhof gehen, muss ich daran den-

ken, dass Mama früher einmal zwei Freundinnen hatte, die Helena und Yvonne hießen. Als ich klein war, haben wir viel mit ihnen und ihren Kindern unternommen. Sie haben Mama an ihren Geburtstagen Geschenke mitgebracht, eine wohlduftende Seife oder Ähnliches. Aber irgendwann einmal sind sie nicht mehr gekommen. Damals habe ich gedacht, dass sie Mama auf die Nerven gingen. Helena redete immer nur über sich, fand sie, und Yvonne hat ihre Kinder verwöhnt. Aber vielleicht war das ja gar nicht der Grund. Vielleicht wollten sie Mama nicht mehr treffen, weil sie immer kranker und anstrengender wurde. Vielleicht macht es ja keinen Spaß, Freunde zu haben, die über anhaltende Schmerzen, Schwindel und Sehstörungen klagen. Freunde, die so dick sind, dass sie nicht ausgehen wollen, weil sie sich schämen.

Während ich zwischen den Grabsteinen hindurchgehe, wird mir plötzlich klar: Eines Tages ist Mama tot, und ich bin dann wahrscheinlich die Einzige, die ihr Grab besucht. Ich denke an das Begräbnis und überlege mir, wen ich dazu einladen würde. Mama hat keine Geschwister und ihre Eltern sind tot. Sie hat fast keine Freunde. Der Gedanke, allein in der Kirche zu sitzen und um Mama zu trauern, erfüllt mich mit Panik. Meine Nase juckt, und meine Beine sind auf einmal ganz zittrig. Aber das ist jetzt kein günstiger Zeitpunkt für Angstzustände. Ich unterdrücke meine Tränen und laufe den anderen hinterher.

Caspers Name steht mit eingravierten Goldbuchstaben auf

dem grau gesprenkelten, herzförmigen Grabstein. Mange kniet davor und entfernt vertrocknete Blätter und Blüten aus dem kleinen Beet. Petra stellt einen Blumenstrauß in einer Vase aufs Grab.

»Wie wär's mit einem Lied?«, fragt sie.

»›In einen Haus am Waldesrand‹?«, schlägt Tea vor.

Gemeinsam stimmen wir Caspers absolutes Lieblingslied an. Während wir die Bewegungen des hüpfenden Hasen nachahmen, sehen wir einander an und lächeln beim Gedanken an Casper. Bei der letzten Strophe, »Komm zu mir ins Häuschen rein, reich mir deine Hand ...«, fassen wir einander an den Händen. Mit der einen Hand halte ich Alvars, mit der anderen Teas. Plötzlich fällt mir auf, dass ich Caspers Platz in dieser Familie eingenommen habe. Wäre er nicht gestorben, hätte mich diese Familie nie aufgenommen. Dann hätte ich niemals hiergestanden und ausgerechnet diese beiden an den Händen gehalten. Etwas sehr Trauriges hat sich in etwas ziemlich Gutes verwandelt.

Die Gäste werden um fünf Uhr erwartet. Tea geht die Treppe hinauf, um sich – schon wieder! – umzuziehen, da räuspert sich Petra. Man sieht, dass jetzt etwas Wichtiges kommt.

»Ich weiß nicht, ob ich es schon gesagt habe, aber Jens und Douglas kommen auch.«

Alle halten inne. Ich lächle Alvar versuchsweise zu, aber er beißt die Zähne zusammen.

Ich hingegen freue mich, bin aber auch ein wenig beunruhigt. Alvars Frage hat in meinem Hinterkopf gelauert, seit er sie mir im Gartenhäuschen gestellt hat. Bin ich in den rasend anstrengenden Douglas, den nervigsten Typen in unserer Klasse, verliebt? In jemanden, auf den kein Verlass ist? Nein, vermutlich sind wir uns einfach nur sehr ähnlich. Mit dieser Erklärung könnte sich Alvar wahrscheinlich abfinden.
Im nächsten Augenblick stehe ich vor dem Spiegel in meinem Zimmer. Alle Kleider aus meinem Schrank liegen auf dem Bett. Tea kommt herein und sieht mich spöttisch an.
»Du siehst super aus. Keine Sorge.«
Meine Wangen werden heiß. »Ich wollte doch bloß ...«
»Dir geht's wie allen anderen, Billie. Du willst auch hübsch sein. Gib's doch einfach zu.«
Ich zerre mir den gelben Hoodie vom Leib. »Ich will nicht ›hübsch‹ sein.«
»Wieso ist es denn so schlimm, wie alle anderen zu sein?«
»Es ist gar nicht schlimm.«
Ihr Blick klebt an meinem Gesicht.
»Trotzdem willst du nicht zugeben, dass dir dein Aussehen wichtig ist?«
Ihre Fragen stören mich. Irgendwie habe ich Tea als oberflächlich abgetan, aber vielleicht ist sie ja viel schlauer, als ich dachte.
»Wenn du magst, kannst du mich schminken«, sage ich, ohne zu begreifen, warum. Wenige Sekunden später sitzt

sie jedenfalls mit lauter Schächtelchen, Dosen und Etuis vor mir. Ich sage, sie soll mir ein »Alltags-Make-up« machen, damit die Leute keinen Schock kriegen. Obwohl es nur für den Alltag sein soll, dauert das Schminken ein geschlagene halbe Stunde. Danach schaue ich in den Spiegel und finde, dass es gut aussieht. Das bin zwar nicht *ich*, aber es sieht gut aus.

Anschließend stehen Tea und ich am Fenster und warten auf die Gäste. Die Teelichter brennen in den Glashaltern, die Petra vorhin gespült und mit einem Lappen blankgerieben hat. Das Obst liegt perfekt arrangiert auf einem großen Teller. Nicht einmal eine Drucksache liegt irgendwo herum. Wenn ich eine Socke fallen ließe, würde sich Petra sicher sofort bücken, um sie aufzuheben. Heute trägt sie ihr Haar ausnahmsweise offen. Ihr eckiges Gesicht wirkt runder. Um ihr Handgelenk hängt ein buntes Armband, an dem sie nervös herumfummelt.

Die Nachbarn aus der Straße treffen als Erste ein. Sie haben eine Blume dabei und flüstern Petra etwas ins Ohr, das dieser Tränen in die Augen treibt. Da erblickt Tea Oma Alice und Opa Rutger und rennt zur Tür. Kaum haben sich alle begrüßt, ist auch schon Jens' Auto auf der Straße zu hören. Hektisches Geknatter drängt sich in das sonst so stille Haus. Dann kommt Jens mit zu viel Gel im Haar herein. Ich stelle mich neben Alvar. So ist das nun einmal, falls ich mich für eine Seite entscheiden muss. Mange unterhält sich mit aufgesetzter Munterkeit mit Douglas. Petra um-

armt Jens in Sekundenschnelle. Dann eilt sie in die Küche. Ich verstehe nicht recht, warum sie die beiden eingeladen hat. Vielleicht wegen Alvar, damit Douglas und er wieder Freunde werden.
Mange schenkt den Erwachsenen Schampus und den Kindern Limo ein. Das Gespräch lässt sich nicht unbedingt als flüssig bezeichnen. Jens nippt mit verkniffener Miene an seinem Glas. Der Boden ist so kalt, dass ich mich nach Wollsocken sehne. Da kommt Petra herein und schlägt leicht gegen ihr Weinglas. Sie räuspert sich und fingert nervös an ihrem Armband.
»Ich weiß, wie sehr alle in diesem Raum Casper mochten. Heute haben wir uns also hier versammelt, um uns an unseren kleinen Jungen zu erinnern, der uns vor zwei Jahren ... verlassen hat.«
Sie schluckt schwer und schaut zu Boden. Ich muss daran denken, wie sie in der Kirche in ihrem weißen Gewand aussieht, so selbstbewusst und klug. Das hier ist etwas ganz anderes. Sie wirft Mange einen Blick zu, aber dieser hat sich in seine eigene Welt zurückgezogen.
»Das Leben springt manchmal grob mit uns um«, fährt sie fort. »Ich bin so froh, ... dass wir füreinander da sind.« Jens wirft ihr einen fragenden Blick zu. »Und dass wir uns gemeinsam an Casper erinnern können. Er war ja so fröhlich, und so ... lieb ... und lustig. Er hat fast immer gelacht. Ich glaube also, dass wir ihn am besten feiern, indem wir zusammen unseren Spaß haben. Wir wollen heute zusam-

men lachen ... wenn das geht.« Sie lächelt kurz, sieht dabei aber gar nicht fröhlich aus. »Wir sollten nach Herzenslust lachen.«

Der Eintopf wird an dem Esstisch serviert, den wir zu diesem Zweck ausgezogen haben. Alle plaudern gedämpft miteinander. Opa und Oma erzählen schrecklich langatmig davon, wie sie ihr Haus gebaut haben. Mange stellt einige höfliche Fragen über Baumaterialien. Jens sieht völlig verloren aus. Petra schaut manchmal zu ihm hinüber, wobei ihr Blick nie verweilt, sondern immer gleich weiterirrt.

»Wie geht es dir?«, fragt sie plötzlich. »Jens?«

Auf einmal wird es ganz still. Jens zupft an seiner Serviette und leckt sich nervös die Lippen. Er scheint etwas sagen zu wollen, bringt aber keinen Ton raus. Oma Alice tätschelt tröstend seinen Arm. Da geschieht etwas. Seine Augen füllen sich mit Tränen und seine Unterlippe beginnt zu zittern.

»Ich bin ja so traurig ... so traurig wegen Casper.« Ein paar Tränen fallen wie schwere Regentropfen auf das Tischtuch. »Entschuldige, wenn ich etwas falsch gemacht habe. Wenn ich nur besser auf ihn aufgepasst hätte, wenn ich ... ja, du weißt ...«

Jetzt hätte ich erwartet, dass Petras Hals rot anläuft und sie in die Küche eilt, um etwas zu holen. Zu meinem Erstaunen schüttelt sie nur den Kopf.

»Das war nicht deine Schuld, Jens. Du hattest *nicht* die Verantwortung für Casper. So etwas habe ich *nie* gedacht.«

Die Nachbarn sehen sich voller Unbehagen an und scheinen an einen Aufbruch zu denken.
»Er ist auf die Straße gerannt«, fährt Petra fort. »Er hat sich losgerissen und ist davongerannt. Ich hätte nicht ... aber das spielt wahrscheinlich keine Rolle mehr. Ich will nicht mehr darüber nachdenken. Er ist tot.« Sie richtet ihren Blick auf Alvar. »Er ist tot, und daran ist *niemand* schuld.«
Jens' Falten glätten sich allmählich.
»Ich weiß, dass ich dir danach keine Stütze war ...«, sagt er. »Aber ich dachte ja, dass du der Meinung warst ... Und ich habe befürchtet, ... dass die ganze Sache ... Das hat mich daran erinnert, wie es war, als Martina verschwand.«
Petra nickt, als würde sie ihn verstehen.
»Was machen wir jetzt?«, fragt sie schließlich.
»Nachtisch essen«, antwortet Tea.
Und damit ist die Sache abgehakt.
Petras Kuchen und unsere Cupcakes werden aufgetischt. Alle bewundern Alvars Kunstwerke auf dem Zuckerguss. Niemand scheint gewusst zu haben, dass er *so* viel Talent besitzt. Alle sagen, dass er sicher mal etwas Kreatives wird, vielleicht Bildhauer. Ich muss insgeheim lächeln und schiele zu Douglas hinüber, der mich mit seinen unnatürlich blauen Augen ansieht. Mir wird warm bis in die Zehenspitzen.
»Das sind die besten Klappcakes, die ich je gegessen habe«, sagt er.
»Cupcakes«, korrigiere ich ihn.

»Wollen wir nicht ein Lied singen?«, fragt Petra und sieht mich dabei an. »Wir zwei könnten doch ›You are not alone‹ singen?«

Ich schüttle den Kopf. Wir haben den Song im Chor mehrstimmig eingeübt, aber ihn hier zu vorzuführen, ist etwas ganz anderes. Petra beginnt trotzdem zu singen. Ich übernehme, so gut es geht, die zweite Stimme. Das ist gar nicht so schwer, solange man sich das eine Ohr zuhält, sodass man nur die eigene Stimme hört.

»I can hear your prayers, your burdens I will bear, but first I need your hand ...«

Auf einmal erwische ich den falschen Ton und weiß nicht, wie ich zur Melodie zurückfinden soll. Es klingt schauderhaft. Die anderen schauen sich verunsichert an. Ich kann nicht weitersingen, weil ich so lachen muss.

»Es tut mir leid ... aber bevor ich nach Bokarp gekommen bin, wusste ich gar nicht, dass man mehrstimmig singen kann.«

Es ist, als hätte jemand einen Stöpsel herausgezogen.

Alvar und Douglas stellen mir Fragen über mein altes Leben. Es ist *beinahe* so, als würden sie *miteinander* reden. Nach einer Weile fragt mich Douglas, ob ich ihm ein Ladegerät leihen kann. Alvar beachtet uns gar nicht, als wir gehen, sondern unterhält sich eifrig mit seinem Großvater.

Ich höre Douglas' Schritte hinter mir auf der Treppe und meine Knie werden ganz schwach. Mein Herz klopft heftig. In meinem Zimmer schließt er sein Handy an mein Ladege-

rät an. Ich werfe ein paar Klamotten vom Bett und frage ihn, ob er sich mit mir etwas Lustiges auf YouTube anschauen möchte. Er nickt und ich nehme meinen Laptop hervor.
»Können wir uns nicht aufs Bett legen?«, erkundigt er sich. Ich rücke näher an die Wand und bausche die Kissen am Kopfende auf, damit ich mich bequem zurücklehnen kann. Er legt sich neben mich. Sein Oberschenkel berührt meinen wie sonst immer der von Alvar. Aber das Gefühl dabei ist ganz anders. Normalerweise fallen mir immer ein paar witzige Worte ein. Aber nicht jetzt. Ich war noch nie so langweilig.
Wir schauen uns den lustigen Clip an. Sein Körper schüttelt sich vor Lachen, aber kein Ton ist dabei zu hören. Als der Clip vorbei ist, schaut er mich mit schräg gelegtem Kopf an.
»Hast du dich geschminkt?«
Ich nicke.
»Warum?«
»Also ... Tea wollte ...«
»Sieht gut aus. Aber ohne auch.«
Ich starte einen neuen Clip. Seine Hand berührt meine. Ich werfe ihm einen verstohlenen Blick zu. Er schaut gar nicht auf den Bildschirm, sondern betrachtet mich. Bevor ich reagieren kann, ist sein Gesicht ganz nahe an meinem. Er riecht herb, wie unser Hund, als ich klein war. Und dann sind seine Lippen an meinen. Noch nie habe ich mich in Bokarp so zu Hause gefühlt.
Aus dem Erdgeschoß wird nach uns gerufen. Douglas er-

hebt sich, als wäre nichts geschehen. Dabei ist sehr wohl etwas geschehen, sehr viel sogar.
Wir gehen wieder hinunter und setzen uns zu den anderen an den Tisch. Alles geht weiter wie zuvor und ist doch ganz anders. Douglas behandelt mich wie einen normalen Menschen. Er lächelt insgeheim über das, was nur wir beide wissen. Dann merke ich, dass mich Alvar mit einem sonderbaren Blick betrachtet. Weiß er es? Ja, so muss es sein. Es ist klar, dass es einem anzusehen ist, wenn sich alles verändert hat.

23

Wir radeln im Nieselregen durch das stinklangweilige Wohnviertel. Tea trägt einen Trainingsanzug und Sneakers. Von Schraubenzieherlocken ist weit und breit nichts zu sehen. Ganz plötzlich wollte sie mich mit dem Fahrrad begleiten, und es ist sinnlos, Fragen zu stellen. Wir radeln an der Kirche vorbei zum See hinunter. Keine Menschenseele ist zu sehen. Es ist kein Wetter für Spaziergänge. Es ist die falsche Jahreszeit. Aber genau das ist ja so angenehm. Kaum nieselt es ein wenig in Bokarp, und schon sind die Straßen vollkommen leer. Man kann mit dem Fahrrad eine Viertelstunde lang durch die Gegend fahren, ohne einer Menschenseele zu begegnen.

Unten am See setzen wir uns auf einen Felsen und schauen auf das kohlschwarze Wasser. Der Wind macht ein pfeifendes Geräusch, der Himmel hat sich dunkelgrau verfärbt. Bald ist es Abend, aber noch nicht ganz. Erst muss man noch ein Weilchen auf einem Felsen sitzen dürfen. Tea scheint in ihren rosa Jogginghosen zu frieren. Ich überlege mir, warum sie mich bis hierher begleitet hat, obwohl sie es hasst, Fahrrad zu fahren und sich im Freien aufzuhalten.

»Du ... ich habe mir überlegt ...«

Ich schaue sie an und warte ab.
»Du hast mich doch mal gefragt, warum Fatima und ich nicht mehr befreundet sind.«
»Ja.«
»Ich habe mal was Dummes über sie gesagt.« Sie verzieht das Gesicht und schaut auf die Wasseroberfläche. »Ich habe vor der ganzen Klasse gesagt, dass Fatimas Vater arbeitslos ist.«
»Aber stimmt das denn nicht?«
»Doch, aber so etwas sagt man einfach nicht. Und ich hatte ihr versprochen, niemandem davon zu erzählen.«
»Aha …« Eine kleine Pause entsteht. »Und warum hast du es dann trotzdem getan?«
Rote Flecken breiten sich auf ihren Wangen aus. »Weil sie Sachen über Mama gesagt hat! Sie hat behauptet, dass Mama lügt, wenn sie sagt, alle seien in der Kirche willkommen! Die Moslems dürfen da nicht hingehen, meint Fatima.«
»Nicht?«
»Die Kirche ist für die Christen, nicht die Moslems«, seufzt Tea. »Hast du denn überhaupt keine Ahnung?«
»Schon, aber sie können doch hingehen und sich die Engel an der Decke anschauen, wenn sie Lust haben?«
Tea seufzt tief. »Sie sind sauer, weil sie keine Moschee haben. Aber das ist doch nicht Mamas Schuld, oder?«
Ich weiß nicht, was ich darauf antworten soll. Nichts ist so einfach, wie man denken könnte. Dass Tea gemobbt wird, liegt also nicht an ihrem Vlog, sondern an ganz anderen

Dingen. Sie hat bloß versucht, ihre Mutter in Schutz zu nehmen. Wenn Petra doch nur wüsste, was sie ihretwegen durchstehen muss. Wenn sie doch nur begreifen würde, dass an Teas Charakter nichts auszusetzen ist. Tea muss sich ganz schön allein gelassen fühlen.

Jetzt füllen sich Teas Augen mit Tränen. Sie zieht die Schultern hoch und spannt den Körper an.

»Ich habe gesagt, dass Mama nicht lügt, und dann hat Fatima gesagt, dass ich blöd bin, weil ich nicht verstehe, wie schwer es die Moslems haben, und dann habe ich ... das mit der Arbeitslosigkeit gesagt, weil ich so wütend war, und da hat sie Miss Pinky vor allen niedergemacht.« Ihr Gesicht verzerrt sich. »Und jetzt hassen mich alle.«

Sie bricht in Tränen aus. Ich lege meinen Arm um sie. Ihr Weinen wird lauter und die Schluchzer immer heftiger. Vielleicht hat sie ihre Gefühle so lange unterdrückt, dass jetzt alles auf einmal kommt. Ich warte, bis sie sich beruhigt. Ich weiß nicht so recht, was ich sagen soll. Was würde eine große Schwester in diesem Fall tun? In die Schule gehen und ihre Feinde verprügeln? Das wäre dann ein ganz anderer Zeitungsartikel: »Schülerhelferin als schlimmster Quälgeist«.

»Ich mache einfach alles kaputt!«, wimmert Tea. »Niemand mag mich!«

»*Ich* mag dich. Erinnerst du dich noch an meinen ersten Tag? Da hast du mir ein Geschenk gegeben.«

»Aber dann war ich trotzdem gemein. Ich bin peinlich und

hässlich. Genau wie es in den Facebook-Kommentaren steht.
»Nein, das stimmt überhaupt nicht.«
Tea wendet mir ihr betrübtes Gesicht zu. »Wo hast du nur dein Selbstbewusstsein her?«
»Für viel Geld aus dem Internet.«
Der Anflug eines Lächelns ist zu sehen. Aber im nächsten Augenblick ist sie schon wieder verzweifelt.
»Hey«, sage ich, »ich weiß zwar nicht, was du vorhast, aber auf mich kannst du noch eine Weile zählen.«
Da ergreift sie meine Hand. Ich meine, etwas in ihren Augen zu erkennen, etwas, was ich bisher nur bei Mama gesehen habe. Mit einem Mal verstehe ich, was es ist. Zwei Menschen zu haben, die einen mit so viel Liebe anschauen, ist echt krass. Aber mein Gefühl ruft nicht nur »Wow!«, sondern auch »Hilfe!«. Denn jetzt geht es nicht mehr nur um mich. Jetzt muss ich nicht nur meinetwegen das Leben in Bokarp auf die Reihe kriegen.

Die Autorin

Sara Kadefors, geboren 1965 in Göteborg, ist eine schwedische Schriftstellerin und Journalistin. Ihr Jugendbuch *Sandor Slash Ida* (2001) wurde mit dem August-Preis ausgezeichnet und ist bis heute das meistverkaufte Jugendbuch Schwedens. Seither hat die Autorin mehrere Romane für Erwachsene und Jugendliche verfasst. Im Verlag Urachhaus erschien bereis *Billie. Abfahrt 9:42*, ihr erstes Buch über das ungewöhnliche, temperamentvolle Pflegekind aus der Großstadt, das bei einer »perfekten« Familie in der Provinz landet. Sara Kadefors lebt mit ihrem Mann und ihren zwei Kindern in Stockholm.